밸런스 게임 지옥

밸런스 게임 지옥

김종일
장편소설

황금가지

과거를 지배하는 자는 미래를 지배한다.
현재를 지배하는 자는 과거를 지배한다.

— 조지 오웰, 『1984』

목차

1. 액션! 9
2. 리테이크 18
3. 테이크 1-1 27
4. 줌 인 35
5. 프롬프트 43
6. 클로즈업 52
7. 인서트 60
8. 애드리브 70
9. 스턴트 80
10. 플레이어 90
11. 서스펜스 99
12. 스포일러 108
13. 플래시백 117
14. 클리셰 126
15. 리허설 134
16. 클리프행어 144
17. 딜레마 152
18. 딥 포커스 161
19. 달리 인 169
20. 플래시백 178
21. 로우 앵글 187
22. 페이드 아웃 196
23. 페이드 인 205
24. 카 체이스 214
25. 사망 플래그 230
26. 줌 아웃 트랙 인 239
27. 시점 쇼트 247
28. 서스펜스 255
29. 점프 스케어 264
30. 몽타주 272
31. 블로우 업 280
32. 클라이맥스 288
33. 에필로그 297

작가의 말 312

1. 액션!

"아빠, 살려 줘."

난데없는 전화에 뜬금없는 딸 민서의 목소리였다.

"뭐야, 이거?"

처음에는 내 귀를 의심했고 다음에는 전화 건 상대를 의심했다. 민서를 홍주사립초 정문 앞에 내려준 지 채 10분도 지나지 않았다.

스마트폰을 다시 들여다보았다. 액정에 떠 있는 발신인 이름은 '모로스'였다.

모로스……?

처음 보는 이름이었다. 이 이름과 전화번호를 내 폰에 저장한 기억도 없었다, 맹세코.

"너 누구야."

"아빠 딸 민서……."

목소리만 들어서는 영락없는 민서였다. 민서가 왜 제 전화기 놔두고 이런 번호로 전화했을까. 가족 목소리를 따라 하는 AI 보이스피싱도 있다던데 혹시 그런 사기 아닐까.

"너 지금 학교 아니야?"

"학교 들어가려는데 어떤 아저씨가 아빠 사고 났다고 같이 병원 가야 한다고 해서 아저씨 차 탔는데…… 이게 왜 이렇게 된 거야."

말끝에 중얼거린 '이게 왜 이렇게 된 거야'를 들은 순간, 알아차렸다. 민서였다. 제 뜻대로 일이 풀리지 않거나 바로 잡기 어려울 만큼 일을 그르쳤을 때 민서가 원망 투로 중얼거리는 입버릇이었다. 그럴 때마다 아내는 타이르곤 했다.

"민서야, '이게 왜 이렇게 된 거야'가 아니라 '내가 이걸 왜 이렇게 한 거야'라고 해야지."

AI 따위로는 흉내 내지 못할 말투와 높낮이, 말버릇에 이르기까지 내 딸 민서가 틀림없었다.

"그럼 곧장 아빠한테 전화했어야지!"

"아저씨가 아빠 폰도 부서져서 지금 못 받는다고……."

"그 아저씨 지금 어딨는데?"

"내 옆에……."

덜컥, 가슴이 내려앉고 눈앞이 캄캄해졌다. 잔뜩 겁에 질린 아이의 대답을 듣고서야 상황의 심각성을 깨달았다. 곧바로 차를 갓길에 세우고 비상등을 켠 뒤, 거치대의 스마트폰을 집어 들었다. 전화기를 집어 든 손이 바들바들 떨렸다.

"민서야, 무슨 일인지 아빠한테 찬찬히 말해봐."

"아저씨가 그러는데…… 자기 나쁜 사람이래. 시키는 대로 안 하면 죽인대. 살려 줘, 아빠."

민서를 납치한 놈이 누구인지는 몰라도 하나만은 확실했다. 협박 대상은 민서가 아닌 나였다.

"민서야, 울먹이지 말고…… 괜찮을 거야. 너 무서워할 때마다 아빠가 항상 뭐라고 그랬지?"

"내가 무서워하는 대부분의 일은 안 일어난다……."

"그래, 무슨 일이 있어도 아빠가 너 구해줄 테니까 너무 겁먹지 말고……. 그래서 거기 어딘데?"

"몰라, 깜깜해서 아무것도 안 보여."

아무것도 안 보인다고? 아이한테 두건이라도 씌웠나? 아니면 어디에 감금이라도…….

"정필규 감독님?"

낯선 남자의 목소리가 불쑥 끼어들었다.

"누구세요?"

"안녕하세요, 전 감독님의 찐팬이자, 아주 재미있는 게임을 제안하려는 '모로스'라고 합니다. 감독님도 들어보셨죠? 밸런스 게임이라고……."

목소리가 해맑디해맑아서 더 섬뜩했다.

"뭐?"

"베, 런, 스, 게, 임이요."

게임이라니…… 미친놈인가? 신종 보이스피싱? 아니다. 보이스피싱은 불특정 다수를 상대로 속여 돈을 뜯어내는 범죄이지, 범죄 대상의 딸까지 납치해 게임 운운하는 범죄는 아니었다.

영화감독으로 제법 이름을 알리고 이런저런 방송에 얼굴을 내밀면서 길에서도 알아보는 사람이 더러 있었다. 별의별 관종들이 판치는 세상이니 이놈도 그런 정신 나간 인간인지도 몰랐다. 차라리 그랬으면 좋겠다. 하지만 방금 등교한 딸까지 데려가 이런 장난을 칠 정도로 정신 나간 인간이 과연 있을까. 사방을 둘러봐도 미심쩍은 카메라나 용의자는 보이지 않았다.

"게임이나 하자고 민서를 납치했다고?"

"'납치'는 어감이 좀 그렇고 '임시 보호'라고 해두죠."

미친……. 목구멍으로 치미는 욕지거리를 꾹꾹 눌러 삼키며 물었다.

"뭘 원해? 돈?"

"사람 말을 잘 안 들으시는군요. 제가 원하는 건 돈이 아니라 게임이라니까요. 규칙도 아주 심플해요. 제가 두 가지 선택지를 제시하면 감독님께선 10초 안에 둘 중 하나를 고르시면 됩니다. 선택지는 감독님께서 곧바로 실행하실 수 있는 수준이고요."

머릿속에 온갖 의문과 추측과 불안이 어지럽게 엇갈려 대답이 선뜻 나오지 않았다. 놈이 내 속마음을 알아차린 듯 덧붙였다.

"게임에 성실히 임하시기만 하면 민서는 무사히 댁으로 돌려보내겠습니다."

"그게 다야?"

"단, 조건이 있습니다. 감독님께서 고르신 선택지는 1분 안에 실행에 옮기셔야 합니다, 무조건. 어때요, 이만하면 꽤 섹시한 제안 아닌가요?"

놈이 나지막이 웃었다. '섹시한'이라는 수식은 평소 연출 욕심 나는 아이디어나 작품을 가리켜 내가 곧잘 쓰는 표현이었다.

돌이켜보면, 그 웃음이야말로 지옥 같은 하루를 알리는 알람이었다.

"지금 장난해?"

"장난으로 보이십니까? 어떻게, 장난인지 진심인지 확인이라도 시켜드릴까요?"

순간, 아차 싶었다. 이놈은 지금 내 딸 민서를 납치했다.

수틀리면 민서한테 무슨 짓을 저지를지 몰랐다. 어떻게 해야 하지? 경찰에 신고부터 해야 하나? 섣불리 신고했다가 민서한테 무슨 일이라도 생기면……. 머리가 핑핑 돌고 입술이 바짝바짝 타들어 갔다.

"감독님?"

"내가…… 당신을 어떻게 믿지?"

"안 믿으셔도 됩니다. 내키지 않으시다면 거부하셔도 되고요. 다만, 그 순간 이후로 민서를 못 보시게 됩니다. 영원히……."

"협박하는 거야?"

"협박이 아니라 조언입니다."

그때 번뜩, 사흘 전 과현 3인조 단톡방에서 지훈이 남긴 말이 떠올랐다.

> **지훈** 야 내가 조언 하나 하겠는데
> 떡상하는 덴 수십 년 걸려도
> 나락 가는 건 순식간이야

코인과 주식으로 진 빚 때문에 사천만 원을 빌려달라는 부탁을 내가 거절하자, 저주하듯 던진 말이었다. 혹시 이놈,

지훈이가 아닐까? 제 부탁 안 들어줬다고 앙심 품고 이런 짓 벌이는 건 아닐까?

'과현 3인조'는 과현고 다닐 때 나와 친했던 지훈과 우철 셋을 가리킨 별명이었다. 소설가로 제법 이름을 알리고 내 영화의 시나리오 윤색에도 참여했던 우철과 달리 지훈은 변변한 직업도 없이 뜬구름만 잡다 시간과 재산을 헛되이 날려서 내게 핀잔을 듣곤 했다. 셋 중 가장 유명해진 내게 지훈이 은근히 드러내던 시기와 질투도 익히 느껴왔던 터였다. 목소리야 변조 앱만 깔아도 되니까……

그러나 민서는 지훈이를 몇 번 본 적 있었다. '어떤 아저씨'라 부를 리 없었다. 어쩌면 이놈은 지훈이와 작당한 공범일지도 몰랐다.

"감독님?"

놈의 목소리가 나를 현실로 불러왔다.

"아…… 너무 갑작스럽고 당황스러워서……. 그럼 내가 그쪽에서 하라는 밸런스 게임이란 걸 하면 된다?"

"네, 맞습니다."

"돈을 원하는 게 아니고?"

"믿으세요. 상호 간에 믿음이란 게 있어야 게임을 하든 뭘 하든 하지 않겠습니까?"

미친놈, 제정신이 아니야. 차창 너머를 이리저리 돌아보았다. 아침 출근길을 무심히 오가는 차와 행인들뿐 수상쩍은 놈은 전혀 보이지 않았다. 저 멀리 경찰서 지구대 간판이 보이자, 심장 박동이 빨라졌다.

"감독님, 저랑 대화하실 생각이 없으신가요?"

"잠깐만, 생각 좀 해보고……."

"한가하게 생각이나 하고 계실 때 아닙니다. 지금 민서 목에 시한폭탄이 달려 째깍거린다니까요."

일단 놈을 안심시켜야 했다. 놈의 말대로 생각은 그다음 일이었다.

"할게, 밸런스 게임. 대신 약속해, 민서는 털끝 하나 안 건드리겠다고."

"약속합니다. 대신 감독님도 약속하시죠, 성실히 게임에 임하시겠다고. 안 그럼 어떤 불이익도 달게 받으시겠다고……."

"좋아, 그럼 해봐. 밸런스 게임인지 뭔지……."

맞장구를 쳐주며 지구대 쪽으로 차를 몰기 시작했다.

"진작 그렇게 나오셨어야죠. 게임은 총 9회에 걸쳐 진행됩니다."

"너무 많은 거 아닌가?"

"100회차 장편영화도 찍는 감독님께서 고작 9회에 엄살이 지나치시군요."

"그거랑 이거랑 같아?"

"촬영 9회차짜리 단편영화 찍는다고 생각하세요. 그럼 한결 마음 편하실 겁니다. 어차피 오늘은 일정도 없으시잖아요."

계획 범죄다. 오늘 내 일정이 없다는 사실까지 꿰었다면 이 모든 일을 미리 계획했을 가능성이 컸다.

그사이 차는 지구대 앞에 다다랐다. 스마트폰의 '내 소리 차단' 버튼을 누르고 차에서 내렸다. 경찰에 신고부터 할 작정이었다. 이놈 모르게……. 지구대 출입문으로 다가가니 심장이 터질 듯 뛰기 시작했다. 떨리는 손으로 출입문을 열고 지구대 안으로 들어섰다.

"안녕하세요, 무엇을 도와드릴까요?"

데스크의 순경이 나를 보며 물었다. 그 순간 전화기 너머의 놈이 말했다.

"자, 그럼 첫 번째 게임입니다. 둘 중 하나를 고르세요. 1번, 거기서 경찰에 신고하고 민서랑 영영 이별하기. 2번 돌아서서 사모님께 비밀 고백하기."

"뭐?"

그 자리에 우뚝, 얼어붙은 내게 놈이 외쳤다.

"자, 갑시다. 액션!"

2. 리테이크

"자, 갑시다. 액션!"

내가 영화 촬영장에서 수도 없이 외쳤던 말이었다. 그 말을 딸 납치범의 목소리로 듣게 될 줄이야……. 놈이 직접 각본 쓰고 감독하는 영화 속 배우라도 된 기분이었다. 문제는 이 영화의 장르가 극사실주의라는 점이었다.

지금 널 지켜보고 있어.

대놓고 말하지는 않았어도 놈은 그렇게 선언한 셈이었다. 그렇지 않고서야 '거기서 경찰에 신고하고'라는 말을 할 리가 없었다. 내가 여기까지 온 데에는 놈이 과연 나를 지켜보는지 확인하려는 속셈도 있었다. 그 사실이 드러난 이상, 경찰 신고는 너무 무모하고 위험한 짓이었다. 놈의 말대로 민서와 영영 이별할 최악의 선택이 될지도 모르니까. 그렇다면 달리 선택지가 없었다.

"잠깐만, 잠깐만."

다급히 외치며 그 자리에서 돌아서서 지구대 출입문을 열고 밖으로 나왔다.

"무슨 소리야. 와이프한테 무슨 비밀을 고백하란 거야?"

"그건 감독님 본인이 더 잘 아실 텐데요."

이놈이 내 사생활까지 다 손에 쥐고 있는 건 아닐까? 설마……. 나를 제 손바닥 위에 올려놓고 갖고 노는 듯 느물대는 놈의 말투에 울화가 치미는 와중에도 한편으로는 겁이 덜컥 났다. 나는 놈의 정체를 전혀 모르는데 놈은 나를 너무도 잘 안다.

"내가 지금 이 상황을 와이프한테 다 말해버리면……?"

"그야 감독님 선택에 달렸습니다만, 감독님께서 이 일에 사모님까지 끌어들이실 정도로 사리분별력 떨어지는 분은 아니리라 믿습니다. 자, 10초 드리겠습니다."

"그럼 이 통화, 끊어야 하잖아."

"에이, 왜 그러세요. 세컨폰 있으시잖아요. 감독님 차 글로브 박스에……."

"……!"

내 차 대시보드 속에 세컨폰이 있다는 사실까지 안다. 도대체 어디서 어디까지 뒷조사를 한 거지? 나 모르게 사람이라도 붙였나?

"와이프는 모르는 번호 안 받는데……."

"그건 제 알 바가 아니죠. 10초 지났습니다. 뭘 선택하시겠습니까?"

"난……."

누군가의 손이 내 어깨를 짚었다. 머리털이 쭈뼛 서도록 놀라서 나도 모르게 악, 비명을 질렀다.

"아이고, 제가 놀라게 해드렸나 봐요. 죄송합니다."

돌아보니, 내 뒤에서 점프 스케어를 선사한 장본인은 지구대 데스크에 있던 정복 차림의 삼십 대 순경이었다. 서글서글한 인상에 몸도 훤칠해서 배우로 나서도 손색없을 외모였다.

"아뇨. 괜찮습니다. 중요한 통화 중이어서……."

"앗, 그러셨군요. 정말 죄송하게 됐습니다. 초면에 제가 너무 큰 실례를 했네요. 어떻게, 통화는…… 다 하신 건가요?"

전화기를 내려다보니 이미 통화는 끊겨 있었다. 이 또한 놈이 내 일거수일투족을 지켜본다는 증거였다.

"네, 그런데 무슨 일로……."

"저, 혹시 정필규 감독님 아니십니까?"

"아…… 맞는데요."

고개를 끄덕이자 순경의 얼굴이 환해졌다.

"아, 역시…… 영광입니다, 감독님, 팬입니다! 데뷔작 때부터 쭉 팬이었습니다. 저, 악수 좀 해도……."

내민 손을 잡자 순경이 황송한 듯 양손으로 내 손을 붙들고 폴더 인사를 했다.

"와, 이렇게 정필규 감독님을 뵙게 될 줄은 몰랐네요. 정말 가문의 영광입니다. 「에리니스」는 진짜 걸작이었습니다."

내 최근 작품 「에리니스」는 복수의 여신이 된 여자의 이야기였다. 이 작품이 흥행과 비평, 두 마리 토끼를 다 잡으면서 영화판에서 내 주가가 수직 상승했다.

"아, 예, 좋게 봐주셔서 고맙습니다."

"혹시 괜찮으시면 여기 사인 좀……."

순경이 셔츠 주머니에서 수첩과 볼펜을 꺼내어 내밀었다. 엉겁결에 수첩을 받아 들고 사인하다 멈칫했다. 이 경찰한테 내 상황을 자필로라도 알린다면?

'딸 납치범에게 협박받고 있습니다.'

그럼 놈이 제시한 선택지 중 1번을 고른 셈이 된다.

'거기서 경찰에 신고하고 민서랑 영영 이별하기.'

"감독님?"

"아, 네."

"혹시 무슨 일 있으신가요? 안색이 안 좋으신데……."

순경이 내 눈치를 살피며 넌지시 물었다. 뭔가 낌새를 눈치챈 기색이었다.

"아…… 저……."

그냥 말해버려, 딸을 납치한 놈한테 협박받고 있다고.

안 돼, 말하지 마. 민서는 어떡하려고?

아무렇지 않은 척 순경을 바라보면서도 머릿속은 피 말리는 딜레마로 뒤엉켰다.

"그냥, 속이 좀 안 좋아서요."

"아이고, 그러셨군요. 병원에라도 가보셔야 하는 거 아닌가요?"

"달고 사는 위염이라 그 정도까진 아니고요."

사인 아래에 오늘 날짜를 적고 수첩을 돌려주자 순경이 넙죽 인사하며 받았다. 타들어 가는 남의 속도 모르고…….

"감사합니다. 두고두고 가보로 간직하겠습니다."

"네, 그럼……."

복잡한 심정으로 눈인사하고 돌아서는 나를 순경이 불러 세웠다.

"감독님!"

"네?"

"실례지만 저희 지구대엔 어쩐 일로 오셨는지 여쭤봐도 될까요?"

"아, 별건 아니고 속 때문에 화장실 좀 쓸까 했는데……."

"쓰셔도 됩니다. 저 안쪽으로 들어가시면……."

"이제 또 좀 나아져서요. 과민성이라."

"에이, 그래도 다녀오시는 게 낫죠. 이 근처에 열린 화장실도 없는데."

놈의 감시를 피해 화장실로 가서 앞으로 어떻게 할지 고민해보면 어떨까. 아니면 차라리 이 순경한테 사실을 밝히고……. 그때 카톡 알림음이 울렸다.

> '친구로 등록되지 않은 사용자입니다.
> 금전 요구 등으로 인한 피해를 입지 않도록 주의해 주세요.'
>
> **모로스**   1번으로 이해해도 되겠습니까?

놈이다!

경찰 앞이라 전화를 못 하니 카톡으로 압박하려는 수작인 듯했다.

"아…… 아무래도 가봐야겠네요. 급한 연락이 자꾸 와서……."

순경은 뭔가 석연치 않은 기색으로 나를 놓아주었다.

"아, 네…… 감독님. 안 그래도 바쁘실 텐데 제가 괜한 오지랖을 부렸네요. 그럼 신작도 기대하고 응원하겠습니다."

"네, 그럼······."

순경이 호주머니에서 뭔가 꺼내어 내게 내밀었다. 명함이었다.

'순경 강충열'.

"혹시라도 제가 도와드릴 일 있으면 부담 갖지 마시고 언제든 연락 주세요!"

"알겠습니다. 그렇게 하죠."

실은 당장 도와 주셔야 합니다. 제 딸이 납치됐습니다. 차마 그말을 못 하니 가슴이 터질 듯 갑갑했다.

차로 돌아와 문을 닫는 순간, 기다렸다는 듯 스마트폰이 울렸다. 역시나 발신인은 '모로스'였다. 여전히 지구대 출입문 근처에 서서 나를 바라보는 순경이 차창 너머로 보였다. 나와 눈이 마주친 순경이 주먹을 불끈 쥐어 올리며 '감독님 파이팅!'을 외쳤다. 내가 마지못해 주먹을 들어 보인 뒤에야 돌아서서 지구대 안으로 들어갔다.

전화기 액정에 떠 있는 '모로스'란 이름을 노려보다 하릴없이 통화 버튼을 눌렀다.

"여보세요."

"운명······."

"······?"

"'모로스'는 그리스어로 '운명'이란 뜻입니다."

"그래서?"

"그리스 신화에선 '피할 수 없는 운명'. 즉, '숙명'을 의인화한 남신으로 통하죠. 오늘 감독님은 모로스를 만나신 겁니다."

미친 새끼!

더한 욕을 쏟아내고 싶었지만, 놈에게 납치된 민서 때문에 차마 입이 떨어지지 않았다.

"10초, 한참 지나지 않았나?"

"잘 아시는군요. 참, 아까 경황이 없어 말씀 못 드렸는데, 10초 안에 선택을 안 하시면 소정의 페널티가 부과됩니다."

소정의 페널티. 그 말에 내 얼굴에서 핏기 가시는 느낌이 일었다.

"뭐? 무슨 소리야!"

"무슨 소린지는 감독님 본인이 더 잘 아시겠죠? 게임에 성실히 임하겠다 약속하고 뒤로는 신고하러 지구대까지 가신 분이요. 덕분에 첫 번째 게임은 시작도 못 했는데 애꿎은 민서만 고통받겠군요."

"약속했잖아! 민서한테는 털끝 하나 안 건드리겠다고!"

"약속? 방금 약속 깬 사람이 누구지? 당신 아닌가? 제멋대로 약속 깨고 믿음도 깼으면 그 대가도 치러야죠. 그거야말로 진정한 밸런스 게임 아니겠어요?"

뒤이어 전화기 너머로 수상쩍은 소리가 들려왔다.
금속성의 마찰음이었다.

3. 테이크 1-1

가위? 칼?

설마 전동 드릴……?

뭔지는 몰라도 쳇소리가 소름 끼치게 날카로운 공구였다.

전화기 너머에서 겁에 질린 신음이 이어졌다. 재갈이라도 물렸는지 뭔가에 억눌려 나왔지만, 틀림없이 민서가 내는 소리였다.

"민서 건드리기만 해! 지금 당장 경찰에 신고해 버릴 테니까!"

"아, 그래요? 지금 할 거, 진작 하시지 그랬어요? 그럼 민서의 고통을 덜어줬을 텐데, 영영……."

전기 모터 돌아가는 기계음이 들려왔다. 그리고 곧바로 신음이 귀청을 찢는 듯한 비명으로 뒤바뀌었다. 재갈에 막힌 소리라 더 끔찍하게 들렸다. 눈이 뒤집히고 피가 거꾸로 솟구쳤다.

"야 이 개새끼야! 민서한테 무슨 짓 했어?"

"글쎄요, 제가 무슨 짓을 했을까요? 감독님께서 어느 인터뷰에서 그러셨잖아요. 때론 일부러 고어 장면을 안 보여주고 소리만으로 관객의 상상을 자극할 때 공포 효과가 더 극대화된다고······. 감독님 상상에 맡기겠습니다. 그래야 효과가 더 극대화되겠죠?"

"너 이 새끼, 잡히면 죽인다."

속이 들끓어 올라 전화기 쥔 손이 부들부들 떨렸다.

"네, 해보세요, 얼마든지. 대가는 고스란히 민서한테 돌아갈 테니까. 왜, 방금 명함 준 지원군 있으시잖아요? 감독님 찐팬이라는 순경. 그 친구한테 도와달라고 하시죠."

기계음과 아이의 비명이 더욱 커졌다. 차라리 내 생살을 갈가리 찢는 편이 나을 듯한 고통에 헛구역질이 나올 지경이었다.

그제야 절실히 깨달았다. 지금 패를 쥔 쪽은 놈이라는 사실을, 섣불리 잘못 건드렸다가는 민서가 무사하지 못한다는 사실을······.

"그만! 제발 그만해! 뭐든지 할게, 시키는 대로 뭐든지 다 할게. 민서만 살려 줘, 한 번만, 한 번만 기회를 줘, 제발!"

무슨 소리를 내뱉는지도 모르고 전화기에 대고 미친 듯

이 애걸복걸했다. 눈물인지 콧물인지 진땀인지 모를 물기로 얼굴이 축축해졌다. 안경 코 받침이 콧마루에서 미끄러져 내려올 정도였다.

전화기 너머의 기계음과 비명이 뚝, 멎었다.

"지금 그 말씀, 진심이신가요?"

"그래! 믿어줘. 내 이름을 걸고 약속할게."

"좋습니다, 한 번만 더 믿어드리죠."

"고……."

고맙다고 외치려다 얼른 입을 다물고 어금니를 깨물었다. 고맙다니, 도대체 뭐가……?

안경을 벗고 센터 콘솔의 암레스트 뚜껑을 열고 물티슈 한 장을 빼내어 흥건한 얼굴을 문질러 닦았다. 만만히 볼 상대가 아니었다, 절대. 정신 바짝 차려, 정필규!

"그럼, 첫 번째 테이크 다시 가겠습니다. 테이크 1-1."

다음 순간, 놈이 제시한 선택지에 말문이 턱 막혔다.

"1번, 편의점에서 안 들키고 10만 원어치 물건 훔치기. 2번, 지나가는 양아치한테 시비 걸어 참교육하기."

어처구니가 없었다. 이 무슨…… 애들 장난도 아니고…….

"첫판부터 너무 무겁고 막장스러운 감이 있어서 살짝 가볍게 바꿔봤는데, 어떻게…… 마음에 드시나요?"

뭐라 할 말이 없었다.

"자, 10초 드리겠습니다."

둘 다 유치하긴 매한가지였지만, 사실 둘 다 어려운 선택지였다. 아까 그 순경처럼 거리에서도 나를 알아보는 사람이 꽤 있었다. 1번은 선택지 자체가 구질구질한데다 편의점 아르바이트생에게 들키기라도 하면 문제가 심각해진다. 내가 경찰에 잡혀가면 민서는, 민서는……. 하지만 2번 또한 쓰레기 기자들의 먹잇감으로 딱 좋은 선택지였다.

경악, 영화감독 정필규, 무차별 시민 폭행 논란!

"10초 지났습니다. 결정하셨습니까?"

"……."

"감독님?"

에라, 모르겠다. 눈을 질끈 감고 외쳤다.

"2번 할게."

"오오, 상남자! 상대는 상관없으신가요? 처음이라 좀 마땅치 않다면 제가 골라드리고요."

그러고 보니 이 시간에 시비를 걸 만한 상대가 있을지도 의문이긴 했다.

"골라줘."

이왕이면 나쁜 놈으로…….

"알겠습니다. 그럼 차 출발하시고 시속 30km 정도로 서행하세요."

스마트폰을 거치대에 걸고 지구대를 빠져나와 도로를 따라 천천히 차를 몰기 시작했다.

상대를 맞닥뜨리기까진 그리 오래 걸리지 않았다.

빵! 빠앙!

빨간 외제 스포츠카 한 대가 상향등까지 번뜩이며 내 차 뒤로 바짝 따라붙었다. 머플러도 튜닝했는지 엔진 소리가 곧 이륙이라도 할 듯 요란했다.

놈이 피식 웃으며 말했다.

"왔네요, 제 발로. 자, 다시 갑니다. 액션!"

사거리에서 신호에 걸려 직우회전 차선에 차를 세우자, 스포츠카가 방향 표시등도 켜지 않고 내 차 뒤에서 경적을 울리고 상향등을 번뜩이기 시작했다.

하지만 꿈쩍하지 않았다.

스포츠카가 당장 내 차를 들이받을 기세로 으르렁거리며 앞뒤로 출렁거렸다. 그래도 못 본 척했다.

이윽고 스포츠카 문이 벌컥 열리고 운전자가 내렸다. 사이드미러로 보니 클러치백까지 겨드랑이에 낀 품이 이마에 '양아치'라고 써 붙여도 될 만한 덩어리였다. 검정 반소매 쫄티 아래로 팔뚝을 칭칭 휘감은 뱀 문신이 흉물스러웠다.

"아침부터 좆나 킹받게 하네, 에미 뒈진 새끼가……."

욕지거리와 가래침을 질펀하게 내뱉으며 성큼성큼 다가

온 덩어리가 내 차 운전석 차창을 꽝꽝 두들겼다.

재빨리 안경을 벗어 조수석에 던져두고, 글로브 박스에서 모자를 꺼내어 푹 눌러썼다. 얼굴을 최대한 가릴 셈이었다.

차창을 부술 듯 주먹으로 두들기던 덩어리는 내가 차창을 내리자마자 욕부터 쏟아냈다.

"야 이 씨발놈아, 귀에 좆 박아났냐? 왜 우회전하는데 앞길을 처막고 지랄이야! 사인을 보냈으면 길을 터줘야 할 거 아냐? 쥐터지고 싶냐?"

"신호 때문에 섰는데 뭐 잘못됐어? 니 길 터주려고 신호위반이라도 하라고?"

내가 낮고 차갑게 되묻자, 덩어리가 움찔하더니 다시 목청을 높였다.

"신호고 나발이고 니 똥차를 앞으로 쫌 빼면 되잖아!"

"정지선 위반하고 횡단보도 침범하면 위법인 거 몰라? 내가 왜 너 같은 양아치 때문에 교통 법규를 어겨야 하는데?"

"뭐? 양아치? 이런 씨밸놈이 뒈질라고. 내려! 내리라고, 확 빠셔 버리기 전에······."

덩어리가 침을 튀겨가며 길길이 날뛰었다.

"그래, 내릴게."

내가 차문을 열고 내리자마자 덩어리가 내 가슴팍을 밀치려고 양손을 불쑥 뻗었다. 재빨리 몸을 돌려 피하며 놈의 팔을 오른손으로 끌어당기고 놈의 턱을 왼팔로 휘감아 밭다리후리기로 돌려버렸다.

"어!"

중심을 잃은 덩어리가 허공에 붕 떠올랐다가 아스팔트에 그대로 나뒹굴었다.

"뭐야, 좀 치는데? 넌 오늘 뒈졌……!"

당황한 놈이 일어서자마자 놈의 양다리를 모두걸기로 후려쳤다. 또다시 놈이 아스팔트에 나자빠졌다.

"이 씨벨놈이…….'

눈이 돌아간 놈이 클러치백 지퍼를 열고 뭔가를 불쑥 끄집어냈다.

칼이었다.

놈이 일어나면 무슨 사달이 일어날지 몰랐다. 제아무리 유단자라 해도 칼 든 놈 이기기는 어려우니까.

칼을 쥔 놈의 손목부터 있는 힘껏 발길질로 내질렀다.

황당해하는 얼굴로 저만치 날아가는 칼을 돌아보는 놈의 턱을 걷어찼다.

덩어리는 그대로 쭉 뻗어버렸다.

행인들과 차들의 눈길이 내 쪽으로 모조리 쏠렸다. 현장을 스마트폰으로 찍거나 신고하는 듯한 사람도 보였다. 서둘러 차에 오르며 내 선택을 후회했다.

"와우, 정필규 감독님! 액션 씬 잘 찍으신다 싶더니 그게 다 생활 연출이었네, 대박."

놈이 빈정거리며 손뼉까지 쳤다. 대꾸할 새도 없었다. 일단 자리부터 떠야 했다. 경찰이 출동해서 발이 묶이면 이래저래 골치 아파지니까.

다시 안경을 찾아 쓰자마자 곧장 가속 페달부터 밟아 현장을 벗어났다.

"와, 우리 감독님, 헬스에 유도에 주짓수까지 섭렵하시더니 완전 상남자네. 반하겠는데요?"

"민서한테 무슨 일 생기면 넌 저것보다 몇백 배 더……."

내 딴에는 놈에게 본때를 보여줬다고 생각하며 경고하려는데 놈이 내 말을 끊었다.

"네네, 잘 알겠고요. 무릎 인대나 조심하세요. 또 파열되면 안 되잖아요."

"……!"

내 일정이나 여가생활은 물론, 내 신체 이상 유무까지 훤히 꿰고 있다. 평소 다니던 체육관에서 주짓수 대련 중 인대가 파열된 사실까지 알 정도면…… 나를 누구보다 잘 아는 놈이다. 스토커일까?

"정체가 뭐야, 너."

4. 줍인

"말씀드렸잖아요, 팬이라고. 정필규 감독님 덕질하는 찐팬이요."

정색하고 던진 직구도 놈은 느물거리며 피해갔다.

"이런 짓도 덕질의 일종인가?"

"이런 짓이라뇨?"

"감독 딸을 납치하고 그 딸을 볼모로 감독한테 꼭두각시 놀음이나 시키는 미친 짓."

"「미저리」에서 작가 폴 셸던 묶어놓고, 쓰기 싫은 소설 억지로 쓰게 한 애니 윌크스도 폴 셸던의 넘버원 팬이었죠. 존 레넌을 쏴 죽인 마크 채프먼도 원래는 존 레넌의 팬이었고요. 채프먼은 존 레넌 쏘기 다섯 시간 전에 존 레넌한테 사인까지 받아 갔다잖아요."

"그래서, 날 쏘기라도 할 건가?"

본의 아니게 양아치와 몸을 푼 직후라 쏟아져나온 아드레날린 덕에 투지가 솟구쳤다. 민서를 살리려면 놈을 죽여야 한다 해도 기꺼이 실행할 정도였다.

"에이, 설마요. 민간인 총기 소지도 불법인 나라에서······."

"그럼 도대체 나한테 뭘 원하는 건데? 돈?"

"남의 말 잘 안 듣는 ENTJ답군요. 돈은 아니라고도 분명히 말씀드렸을 텐데요."

놈이 말한 ENTJ는 내 MBTI였다. 내가 인터뷰에서 MBTI까지 밝힌 적이 있던가? 기억나지 않았다.

"하란 거 시키는 대로 했잖아. 그러니까 너도 대답해, 나한테 왜 이러는지······."

"좋아요, 미션 완수 하나에 대답 하나씩? 오케이 콜. 전 감독님께 그걸 받아야 해요."

"그거라니······?"

"관, 심."

맥이 탁 풀렸다. 뭐야, 그냥 정신 나간 관종인가?

"왜····· 내 영화에 오디션이라도 봤다가 떨어졌나?"

내가 오디션에서 떨어뜨렸던 무수한 얼굴들이 머릿속을 스쳐 지나갔다.

"배우도 연기력이 있어야 하죠."

"그럼 나한테 관심받아 뭐 하려고?"

"미션 하나 완수에, 대답 하나라고요. 정 궁금하시면 바로 다음 미션으로 넘어가서 완수하시면 됩니다. 참 쉽죠?"

양아치를 쓰러뜨리며 뺀 땀도 아직 가시지 않았는데, 또 무슨 미친 선택지를 제시하려고……. 하지만 당장은 놈이 시키는 대로 해야만 했다. 그렇지 않으면…….

"두 번쨘 뭔데?"

"좋습니다, 두 번째 밸런스 게임! 가볍게 몸 풀었으니 이번에는 살짝 무겁게 가볼까요?"

놈의 말에 나도 모르게 마른침을 삼켜야 하는 이 상황이 싫었다.

"1번, 최은비에게 전화 걸어 관계 정리하기. 2번, 사모님께 전화 걸어 외도 사실 고백하기."

"뭐……?"

가슴이 철렁 내려앉았다.

"어때요, 막상 듣고 보니 별로 어려운 선택진 아니죠?"

"지금 네 말…… 민서도 듣고 있나?"

"아이고, 내 정신 좀 봐, 민서가 듣고 있단 걸 깜빡하고 옆에서 할 말, 안 할 말 안 가리고 다 했네요."

"야 이 새끼야!"

눈앞의 적신호를 뒤늦게 보고 급정거했다. 횡단보도를 밟고 멈춰선 내 차를 흘끔대며 민서 또래의 초등학생들이 건널목을 건너기 시작했다. 그 얼굴들 하나하나가 죄다 민서 같아서 눈앞이 캄캄해졌다.

"왜요, 제가 없는 말이라도 했나요? 아니면, 내 딸한테만은 부끄럽지 않은 아빠이고 싶은 건가? 아이고, 어쩌죠? 제가 미혼이라서 눈물겨운 아빠 마음 같은 건 잘 모르겠는데……."

"너 진짜 개새끼구나."

"그러는 당신은? 하늘을 우러러 한 점 부끄럼 없는 떳떳하고 자랑스러운 아빠이자 남편이십니까?"

놈이 허를 찌르니 받아칠 말도 떠오르지 않았다. 이마에서 식은땀이 배어났다. 지난 건강검진 때 대장 내시경 검사에서 암 전 단계인 선종이 나왔다는 말을 들었을 때도 이 정도로 충격이 크지는 않았다.

"깜박 속으셨죠? 농담입니다, 농담. 제가 아무려면 그 정도 분별력도 없을 거 같습니까? 안심하세요, 감독님. 민서는 지금 이 대화 못 들으니까."

곧바로 놈이 말투를 장난스레 바꾸며 낄낄거렸다. 안도의 한숨이 절로 나왔다. 동시에 이딴 놈에게 꼬투리가 잡혀 일희일비하는 나 자신에게 화가 났다. 민서가 이 대화를 듣지 못한다니 한편으로는 안심이 되면서도 한편으로는 걱정이 고개를 들었다.

"너 설마······."

민서가 내던 소리가 멎은 지 꽤 지났다.

"사람 좀 믿으세요. 믿기로 했으면 끝까지 쭉 좀······ 네?"

전화기 너머에서 발소리와 부스럭거리는 소리가 나더니 얕게 흐느끼는 소리가 들려오기 시작했다. 민서였다.

"민서야! 아빠야! 조금만 참아, 아빠가 금방 구해줄 테니까 아저씨 말 잘 듣고······ 알았지? 약속!"

내 말에 민서가 뭐라고 대답하려는데 놈이 끼어들었다.

"약속은 저랑 하셨잖아요. 밸런스 게임에 충실히 임하시겠단 약속이요. 설마 또 깜박하신 건 아니죠?"

"그래, 알아, 하겠다고!"

내 차 뒤에서 자동차 경적이 울렸다. 청신호가 떨어진 줄도 모르고 넋을 놓았다. 얼른 가속 페달을 밟아 다시 달리기 시작했다.

최은비라니······.

내 전작 「에리니스」의 주인공이었던 스타 배우. 권력자들에게 짓밟혔던 여자가 복수의 여신 에리니스로 거듭나서 상대가 가장 두려워하는 방식으로 끝장내는 복수극 「에리니스」에서 최은비는 혼신의 연기로 호평받았고 영종상에서도 주연상을 받았다. 나는 감독상을 받았고······.

시나리오 각색 작업부터 후반 작업에 이르기까지 누구보

다 자주 만났던 최은비와 나는 어쩌다 넘지 말아야 할 선을 넘어버렸다. 하지만 단언컨대 우리 사이를 아는 사람은 내 주변에 없었다. 아무도……

이놈은 도대체 무슨 수로 알아냈을까? 흥신소나 사설 탐정한테 의뢰라도 했나? 혹시 그냥 넘겨짚은 건 아닐까?

"최은비랑 무슨 관계를 정리하란 말이야? 정리할 관계도 아닌데……"

시치미를 뗐지만, 놈은 콧방귀를 뀔 뿐이었다.

"또 저를 시험하십니까? 결정적 증거 같은 건 다 확보해놓고 하는 말인데 어떻게, 팩트패치에 몇 장만 맛뵈기로 뿌려드릴까요? 못 하시겠으면 깨끗하게 포기하시고 페널티를 받으셔도 됩니다. 단, 두 번째는 페널티도 두 배로 커집니다. 자, 그럼 선택까지 10초 드리겠습니다."

아내에게 사실을 고백하면 끝장이었다. 이미 나는 전력이 한 번 있었다. 그때 아내는 손목을 그어 자살까지 하려 했다. 이번에는 정말 이혼 정도로 끝나지는 않을 터였다.

하지만 최은비도 아버지가 엔터테인먼트 업계 유력인사라 만만치가 않았다. 이래저래 위험 요소가 많았던 「에리니스」의 각본 작업부터 투자, 배급에 이르기까지 일찌감치 주인공으로 낙점된 최은비의 입김이 없었더라면 영화도 진작 엎어졌을 터였다.

"알았어! 1번으로 할게!"

"애인보다는 가정이라…… 네, 뭐, 가장 가장다운 선택이시네요. 오, 이거 라임 재밌네. 가장 가장다운……."

웃기지도 않은 혼잣말을 해놓고 놈이 키득거렸다.

괴물.

지금 나는 내 사생활과 약점까지 줌 인으로 파고들어 속속들이 꿰찬 괴물을 상대로 승산 없는 게임을 벌이는 중이었다. 도대체 어떻게 해야 이놈을 해치우고 민서를 구해낼 수 있을까? 과연 그게 가능하기는 할까?

"자, 그럼 1분 내로 세컨폰 꺼내 최은비한테 전화하세요. 이번엔 '내 소리 차단' 같은 꼼수 쓰지 마시고요."

또 한 번 허를 찔려 움찔했다.

이 차에 몰카라도 달아놨나? 지구대 앞에서 '내 소리 차단'을 눌렀던 내 행동은 또 어떻게 알았지?

룸미러와 사이드미러로 미행이 따라붙지는 않았는지 살폈다. 수상쩍은 차는 어디에도 보이지 않았다.

"좀 한가한 데에 차를 대야겠어. 아무래도 운전하면서는 통화에 집중하기가 힘들어."

"편하실 대로 하시죠."

차를 도심 한편에 마련된 공원으로 몰았다. 평일 오전이라 공원 주차장은 한산했다. 가장 구석진 자리에 차를 대고 한숨을 내쉬었다. 이제 최은비에게 전화를 걸어야 했다. 전화해서 뭐라고 하지? 다짜고짜 끝나자고 하면 불같은 성격에 가만히 안 있을 텐데……. 하지만 선택의 여지가 없었다.

"10초 남았습니다."

놈의 재촉에 마음이 급해졌다. 떨리는 손으로 글로브 박스를 열고 전화기를 꺼냈다. 최은비와 연락할 때만 쓰는 폴더폰이었다. 그래, 어쩌겠어, 한번 부딪쳐보자.

전화기의 전원을 켜고 단축번호 1번을 눌렀다.

5. 프롬프트

"벌써 도착했어? 난 좀 더 걸릴 거 같은데……."

신호가 몇 번 가기도 전에 전화를 받은 최은비가 말했다. 오늘 우리는 홍주 변두리에서 아무도 모르게 만나기로 했다.

"아, 이거…… 어쩌지? 갑자기 급한 일이 생겨서……."

"설마 펑크 낸다는 말은 아니지? 그 말 하면 나 화낼지도 몰라, 진짜."

"아이고, 어쩌나. 미안해. 어쩌다 보니 본의 아니게 그렇게 됐네."

민서를 납치하고 밸런스 게임인지 뭔지 시키는 모로스란 놈 때문에…….

"뭐야, 난 웃자고 한 소린데, 늦는단 것도 아니고 오늘 못 만나겠단 거야, 진짜로?"

최은비의 목소리가 싸늘해졌다. 현장에서도 한번 수틀리면 촬영하다가도 집에 가버리는 성질이었다.

"아, 정말정말 미안해. 다음에 보자."

"왠지 이유나 말해봐."

최은비도 순순히 물러날 기미가 아니었다.

"급한 미팅이 생겨서 그래."

"영화 쪽 미팅이야?"

차라리 그랬음 좋겠다. 휴대폰 거치대 스마트폰 화면에 떠 있는 통화 중 화면을 노려보았다. 지금 이 통화를 엿들으며 희희낙락할 모로스를 떠올리니 신경이 곤두섰다.

"어쩌지? 지금은 말하기가 좀 곤란한데……. 나중에 만나서 자세히 말해줄게."

"곤란해? 난 안 곤란했는 줄 알지? 내가 오늘 중요한 스케줄 비우느라 얼마나 곤란했는지 알고 그런 소리 하는 거야, 지금?"

"알지, 너무 잘 알지."

"그걸 아는 사람이 왜 그래?"

"급한 미팅이 생겼다니까."

"그러니까 나보다 더 급한 미팅이 뭐냐고?"

민서의 안위. 민서의 목숨. 불륜 상대인 너보다 내 딸 목숨이 백배 천배 더 급하다고!

그 말이 목구멍까지 치밀었지만, 애써 돌려 말했다.

"민서 때문에 그래."

"민서? 민서는 학교 간 거 아니야? 태워다준다며?"

"민서가 좀 아파."

실은 좀이 아니라 많이.

그 말에 최은비의 목소리가 살짝 누그러졌다.

"어디가 어떻게 아픈데?"

"자세한 건 나중에 말할게. 지금 이런저런 검사 받느라고 경황이 없어서 그래."

"지금 병원이야?"

"어."

"근데 왜 이렇게 조용해?"

"전화하느라고 잠깐 차에 왔지."

"그럼 우린 언제 만나?"

이제야 본론을 꺼낼 타이밍이었다. 긴 한숨을 불어내고는 입을 열었다.

"이젠 어려울 거 같아."

"뭐?"

"앞으론 못 만날 거 같다고."

전화기 너머에서 잠시 침묵이 흘렀다.

"뭐야, 진짜. 설마…… 인제 그만 만나자는 소린 아니지?"

"맞아, 그만 정리하자."

최은비가 하, 하고 콧방귀를 뀌었다.

"이제 단물 다 빼먹었다 이거?"

"아냐, 그런 거."

"그럼 왜 그러는데 갑자기! 나 없이 못 살겠다며? 다음 작품도 나랑 같이 하자며? 와이프도 정리하겠다며? 자기 혹시 걸렸어, 와이프나 기자한테? 기자라면 내가 아빠 찬스로 얼마든지 막아줄게."

"그런 거 아니라니까."

"그럼 왜냐고? 도대체 왜 그만 만나자는 건데!"

지금 이 순간에도 통화 내용에 귀 기울이며 낄낄댈 놈의 존재 때문에 신경이 쓰여 무슨 말을 하는지도 모를 지경이었다.

"정필규 감독님, 지금 사람이 물어보잖아요."

최은비가 싸늘한 목소리로 따지고 들었다.

초여름 햇볕이 점점 뜨거워지면서 차 안이 후끈해졌다. 에어컨을 틀고 바람 세기를 끝까지 높였지만, 송풍구에서도 뜨끈한 바람이 쏟아져나왔다. 이마에 배어난 진땀을 물티슈로 닦다 울화가 치밀었다.

도대체 내가 무슨 잘못을 했다고 이딴 통화나 하며 진땀을 빼야 하지?

"야, 정필규! 뭐라고 말 좀 해봐!"

최은비가 빽 소리를 질렀다. 순간, 전화기에 대고 고함을 버럭 내질렀다.

"에이 씨발! 한국말 못 알아들어? 헤어지자고! 그만 만나자고! 이런 더러운 관계 그만 끝내자고! 그 말이 이해가 안 되니? 그런 빡대가리니 대사 몇 줄도 제대로 못 외워서 허구한 날 NG나 내고 프롬프터 타령이나 해대지!"

"뭐? 이런 더러운 관계? 빡대가리? 지금 나한테 욕한 거야?"

"그래, 욕했다! 더한 욕도 해줘? 단물 뺄 만큼 빼먹은 건 피차 마찬가지 아냐? 너 전에도 감독이랑 그렇고 그런 사이였던 게 한두 번도 아니었잖아. 내가 모르는 줄 알았지?"

"이런 개새끼가! 너, 말이면 다인 줄 알아?"

"말이 다가 아니라 사실이잖아. 너랑 나, 서로 등에 빨대 꽂고 단물 실컷 빼먹었고 이제 원원했으니까 이쯤에서 각자 갈 길 가자고! 이제 좀 이해돼?"

"개새끼, 너 진짜 가만 안 둬."

"가만 안 두면 어쩔 건데?"

"감독 권한을 이용해 캐스팅을 빌미로 날 농락했다고 팩트패치에 제보할 거야. 그거 모르지? 지금 이 통화도 녹음되고 있어! 이거 팩트패치에 넘기면 재미있어지겠다, 그치?"

말문이 턱 막혔다. 최은비가 이렇게까지 나올 줄은 미처 예상치 못했다. 하지만 여기서 물러설 상황이 아니었다. 될 대로 되라는 심정으로 받아쳤다.

"그래, 지금 당장 제보해. 너나 나나 같이 나락 가보자. 나도 녹음하고 있으니까!"

"정필규 감독님, 세상 물정을 잘 모르시나 본데요. 법적으로 물고 늘어지면 당신이 절대적으로 불리하답니다. '스타 영화감독 정필규, 업무상 위력에 의한 강제추행 혐의로 입건!' 조만간 이런 기사 나면 참 재미있겠죠, 그쵸?"

말만 들어도 실제 뉴스 기사 내용이 그려지며 눈앞이 아득해졌다.

"감독님 와이프랑 예쁜 딸내미도 '역시 우리 신랑, 우리 아빠, 최고!' 엄지척하면서 자랑스러워하겠네. 안 그래요? 감독님 빵에 들어가면 영치금도 넣어드리고 가끔 면회도 가드릴게요."

최은비가 낄낄대며 웃기 시작했다. 목덜미에 소름이 돋게 하는 웃음소리였다.

"인과…… 인이 있었으니 지금의 과가 있는 거야."

최은비가 목소리를 낮게 깔고 「에리니스」의 대사를 읊고는 다시 낄낄댔다.

"어머, 어떡해. 나 갑자기 막 메소드 연기 나오려고 그래.

그 대사가 지금 이 상황에 딱이네. 여배우 최은비, 복수의 여신 에리니스로 거듭나다! 정필규 감독님, 이건 다 감독님의 인이 만든 과예요. 업보 아시죠?"

"마음대로 해. 난 거리낄 거 하나도 없으니까!"

그렇게 큰소리치고 전화를 끊어버렸다. 곧바로 세컨폰의 전화기 전원을 꺼버렸지만, 「에리니스」의 그 대사, 최은비의 그 말이 머릿속을 가득 메우고 빙빙 맴돌았다.

'인과…… 인이 있었으니 지금의 과가 있는 거야.'

오늘 이 순간의 끔찍한 '과'를 낳은 '인'이 도대체 뭘까? 혹시 모스로도 과거의 인이 불러온 과일까?

앞 차창에 커다란 무당거미 한 마리가 내려앉았다. 놈은 거미줄이라도 치려는지 여기저기를 살피며 차창을 기어 다녔다. 거미가 꼭 내 몸을 기어 다니는 듯 목덜미가 간질거리기 시작했다. 와이퍼 레버를 당겨 거미를 튕겨냈다.

전화기 너머에서 박수 소리가 났다.

"와, 감독님! 기립박수! 완전 대박인데요? 솔직히 기대 이상이에요. 최은비가 저렇게 세게 나올 줄이야……. 프롬프트라도 띄어놓고 여러 번 리허설로 합을 맞추신 줄. 아무튼 두 분 열연 덕에 손에 땀을 쥐어가며 즐감했습니다, 감독님."

"헛소리 그만하고 미션 완수했으니까 내가 묻는 말에 대답해. 넌 도대체 과거에 나랑 무슨 악연이 있었지? 오디션

탈락한 배우야? 나한테 잘린 조감독? 아니면 스태프?"

온갖 얼굴과 이름들이 머릿속에 떠올랐다가 사라졌다. 열악한 환경에서 영화를 찍으며 현장을 장악해야 하는 감독이라 하릴없이 악역을 맡아야 하는 순간이 너무나도 많았다. 스태프와 배우들에게 '저승필규'로 악명높았을 정도니 내게 앙심을 품은 누군가가 없을 리도 없었다.

"근데 어쩌죠, 감독님께서 정당하게 미션 완수하셨다면 저도 대답해드리려고 했는데요. 이번 건은 미션 완수라고 인정해드릴 수가 없어서 아쉽지만, 그 대답은 다음 기회로 미루겠습니다."

"뭐? 무슨 소리야?"

"무슨 소리인지는 당사자인 감독님께서 더 잘 아실 텐데요. 솔직히요, 마음 같아서는 두 분께 영종상만이 아니라, 오스카 트로피라도 안겨드리고 싶네요. 감독과 배우 두 사람의 영혼을 불사른 메소드 연기 앙상블!"

"연기라니?"

"하아…… 자꾸 왜 이러실까. 감독님, '라포'라고 들어보셨죠? 두 사람 사이의 신뢰와 친근감을 전제로 이루어진 인간관계, 라포. 우리 둘 사이에 막 그 라포가 형성되는구나 싶었는데 또 이렇게 찬물을 끼얹으시면 저더러 어쩌란 겁니까?"

"무슨 찬물? 내가 뭘 어떻게 했단 건지 빙빙 돌리지 말고 똑바로 말해!"

"계속 적반하장으로 나오시니 말씀드리지요."

잠시 뜸을 들인 놈이 이윽고 내뱉었다.

"프롬프트."

6. 클로즈업

"프롬프트……?"

속으로는 뜨끔하면서도 태연하게 되묻자 모로스가 날 선 목소리로 받아쳤다.

"방금 통화 시작하자마자 손이 안 보이게 최은비한테 문자로 프롬프트 보내셨잖아요. 아니에요? 아니면 아니라고 하시든가."

"……!"

혹시나 했는데 결과는 역시나 마찬가지였다.

"어떻게, 말 나온 김에 제가 그 은밀하고 다급한 문자 내용까지 낱낱이 읊어드릴까요?

'지금 어떤 미친놈한테 협박받고 있으니까
내가 말하는 대로 대충 티키타카 해줘

이유는 나중에 만나서 자세히 설명할게'

한 자 한 자, 진심을 꾹꾹 눌러 담아 눈물겹게 보내시고선 아닌 척 시치미 뚝 떼고 저더러 게임 미션 완수했으니 묻는 말에 대답해라? 너무 뻔뻔하신 거 아닌가요?"

주위를 둘러보았다. 한산한 공원 주차장에 나를 지켜보는 눈길은 그 어디에도 보이지 않았다. 이놈, 내 차에 몰카를 달아 놨다. 그렇지 않고서야 내 일거수일투족을 이토록 빠짐없이 들여다볼 리가 없었다.

"정필규 감독님, 제가 제일 역겨워하는 부류가 뭔지 아세요? 바로 당신처럼 화장실 들어갈 때랑 나올 때 태세 전환을 죽 끓듯 하는 인간들이에요. 좀 전에 그랬잖아요, 시키는 건 뭐든지 다 하겠다면서요, 한 번만 기회를 달라면서요? 그래서 믿고 기회를 드렸더니 이렇게 곧바로 뒤통수를 쳐요? 이게 감독님을 믿어드린 대가인가요?"

놈의 말투에 서늘한 기운이 어렸다. 당장 민서에게 무슨 짓을 저지를지 모를 상황이었다.

"자, 잠깐만. 그래, 맞아! 문자 보낸 건 맞아. 근데 최은비랑 관계 정리하려던 건 연기가 아니라 진심이야. 애초에 진지하게 만난 사이도 아니었고······."

"진지하게 만난 사이 아니면 장난으로 만난 사이였나 보죠? 최은비가 들으면 또 열불 나겠네."

"알잖아, 살다 보면 해서는 안 될 짓도 해야 하는 거. 최은비 아버지한테 워낙 굵직한 연줄이 이어져 있어서 투자받아 영화 찍으려면 무슨 짓이든 해야 했어."

"그러니까 결론은 영화 찍으려고 최은비를 이용했다 이 말씀이시죠? 이번에도 민서를 살려보겠다고 최은비를 이용한 셈이고요."

"니가 하라고 했잖아."

"제가 최은비한테 티키타카 프롬프트 보내라고 했던가요?"

"결과적으론 끝낸 거 맞잖아. 내 인생에서 다시는 최은비 볼 일 없을 거니까 믿어줘."

"이미 뒤통수를 거하게 얻어맞았는데, 그 말을 제가 또 어떻게 믿을까요?"

"내 이름을 걸게."

"아 진짜…… 정필규 감독님! 단기 기억상실증 심각하시네. 감독님 이름은 좀 전에 거셨잖아요? 그런데 뭐, 더 걸 여분의 이름이라도 있으신 거예요?"

"내가 알고 하늘이 알아."

"와우, 시나리오도 직접 쓰시는 감독님 맞으세요? 대사가 왜 그렇게 구려요? 알긴 뭘 알아요. 전 하나도 모르겠는데……. 벌써 몇 번이나 배신 때리셨잖아요. 안 그래요?"

"그럼 뭘 어떻게 할까? 내가 뭘 어떻게 하면 믿어줄 건데?"

와이퍼로 밀어냈던 무당거미가 다시금 스멀스멀 앞 차창으로 기어 올라왔다. 이번에는 와이퍼 레버를 건드리지 않았다. 아무리 밀어내고 튕겨내도 저놈은 다시 엉겨 붙으리라는 확신이 들었다. 내게 독니를 박아넣고 거미줄을 온몸에 칭칭 감아 체액을 모조리 다 빨아먹을 때까지…….

"번외 편 밸런스 게임 어때요?"

"번외 편?"

"네, 우리 사이에 잃어버린 신뢰를 회복할 번외 편이요. 고 하면 가고, 스톱 하면 다 끝내죠."

어차피 선택의 여지가 없는 상황이었다.

"그래, 고 하지."

"좋습니다. 1번, 사모님께 전화 걸어 외도 사실 고백하기. 2번, 진심을 담아 손가락 하나 자르기. 더도 덜도 말고 한 개만."

"손가락을 자르라고?"

"왜요, 감독님 영화에 나오잖아요. 주인공이 조직 보스 앞에서 손가락 자르기로 잃었던 신뢰를 회복하는 장면."

"그건 영화잖아."

소품과 CG를 활용한 가짜 연출.

"감독님께서 어느 인터뷰에선가 말씀하셨잖아요. '사람들에게는 저마다의 인생이 한 편의 영화고, 그 영화 속 주인공은 자기 자신'이라고……. 감독님은 지금 감독님이 주인공인 영화를 찍고 계신 거예요. 이번 미션은 주인공의 운명을 좌우할 중요한 분기점이고요. 자, 10초 드리겠습니다."

미치고 돌아버릴 지경이었다.

1번도 최악이었지만 2번은 도저히 맨정신으로 해내지 못할 선택지였다.

"10초 지났습니다. 에이, 고 할 용의도, 용기도 없으시네. 근데 무슨……. 할 수 없죠. 썩 내키진 않지만, 페널티를 또 민서한테 부여하는 수밖에……."

놈이 화살을 또 민서에게 돌리자 눈이 뒤집혔다.

"할게! 2번, 2번!"

"오오, 정말이요?"

"그래! 하면 되잖아."

나 때문에 무고한 민서를 또 다치게 할 수는 없었다.

"손가락은 어떻게 자르실 건데요?"

"뭐?"

"절단 도구가 있어야 할 거 아녜요. 감독님 영화에서처럼 말끔하게 싹둑 잘라주는 작두는 아니더라도……. 설마 좀비처럼 물어 뜯어내시려는 건 아니시죠? 「127시간」에서처럼 중국산 주머니칼이라도 있어야 자르든 썰든 할 거 아녜요?"

맞는 말이었다. 아무런 도구도 없이 손가락을 자를 수는 없는 노릇이었다.

"가만 보니 참 손 많이 가는 분이시네. 글로브 박스 뒤져 보세요. 거기 쓸 만한 게 있을 테니까."

놈은 꼭 이 차가 제 차라도 되는 양 일러주었다. 놈의 말에 홀린 듯이 글로브 박스를 열고 미친 듯이 헤집어 보았다. 역시나 비상용 공구 몇 개가 손에 잡혔다. 드라이버, 펜치, 니퍼……. 개중에 그나마 쓸만한 절단 도구라고는 니퍼밖에 없었다. 니퍼를 집어 들었다.

"오오, 니퍼로 가실 건가요? 탁월한 선택이십니다."

개새끼!

이놈, 강 건너 불 구경이라도 하듯 즐기고 있다. 울화가 치밀었지만 지금 을은 나였다. 막상 니퍼를 손에 쥐니 어느 손가락을 잘라야 할지도 막막했다.

"위치는…… 거기 어때요?"

"어디?"

"왼손 검지."

"외, 왼손 검지?"

"그 정도 성의라면 속는 셈 치고 감독님의 진심을 한 번 더 믿어드릴 수 있겠네요."

클로즈업 57

낭패였다. 새끼손가락 끝마디 정도를 생각했는데…….

"나…… 왼손잡이야."

이런 구차한 말까지 해야 하는 내 신세가 한심스러웠다.

"왼손잡인데 어쩌라고요. 저도 왼손잡이였어요, 어릴 때 아버지한테 혼나서 오른손잡이로 바꿔서 그렇지. 정 눈물이 앞을 가린다면 오른손 검지로 가보시든가요. 아니면 1분 지났는데 그냥 페널티 들어갈까요?"

"알았어, 자른다고! 자르면 될 거 아냐!"

큰소리는 쳤지만, 솔직히 자신은 없었다.

오른손보다는 왼손을 자주 쓰니 오른손 검지로 가기로 했다.

당장 잘라야 할 손가락이 클로즈업이라도 한 듯 눈앞을 가득 메웠다.

이걸 자르면 나중에 붙일 수나 있을까?

보통 손가락 절단 뒤에 다시 붙일 골든타임은 여섯 시간이라고들 한다. 그 안에 병원으로 잘린 손가락을 가져가면 조직이 괴사하기 전에 접합수술이 가능하다지만, 보관만 잘한다면 열두 시간 이상 지나도 수술이 가능하다는 기사를 읽은 적이 있었다. 그래, 보관만 잘 한다면…….

그러나 오늘은 아침부터 푹푹 찌는 여름날이었다. 이 여름 더위엔 몇 시간도 안 지나 금세 썩어 문드러지지 않을까?

지혈은 또 어떻게 해야 하지? 붕대도, 밴드도, 소독약도, 아무것도 없는데……. 니퍼 날에 파상풍균이라도 있으면…….

니퍼를 왼손으로 쥐고 날 끝을 오른손 검지에 갖다 대는데 손이 부들부들 떨렸다. 니퍼 날이 손가락에 닿기만 했는데도 등줄기로 소름이 주르륵 흘러내렸다.

한 번에 싹둑 잘라야 그나마 덜 아프겠지?

38년을 함께해온 신체 일부를 잘라내려니 이마에서 흘러내린 진땀이 앞을 가렸다. 손등으로 이마를 문질러 닦았다. 축축하고 뜨끈한 땀이 묻어났다.

하나, 두울, 세엣.

깊게 심호흡했다.

니퍼 날을 벌려 검지에 물렸다. 그러기만 했는데도 손가락이 잘린 듯 아팠다.

이제 더는 선택지가 없다. 물러설 곳도 없다.

눈을 질끈 감고 이를 악물었다.

그러고는 니퍼를 쥔 손아귀에 지그시 힘을 주었다.

7. 인서트

뚜…… 뚜…….

통화 중 대기 알림음이 울리며 전화기 화면에 발신인 이름이 떠올랐다. 눈이 번쩍 뜨였다. 발신인은 '와이프'였다. 아내의 전화가 이토록 반갑기는 결혼 이래로 처음이었다.

"이런…… 사모님께서 전화하셨네."

놈의 목소리에 낭패감이 어렸다. 통화 중 걸려 온 전화의 발신인까지 금세 알아차리는 품이 내 스마트폰을 통째로 복제해놓기라도 한 모양이었다.

"어떻게 하면 돼?"

슬그머니 니퍼를 손가락에서 떼며 놈에게 물었다. 나중에는 어떻게 될지라도 당장 시간을 벌게 되었다는 사실만으로도 눈앞에 동아줄이 드리워진 듯했다. 한편으로는 '어떻게 하긴요, 무시하시고 하려던 일이나 마저 하세요.'라는 대답이 돌아올까 봐 조마조마했다.

"어떻게 하고 싶으세요?"

너란 인간을 내 인생에서 사라지게 하고 싶어.

"나한테 결정권이 있었나?"

"결정권이야 쭉 있었죠. 둘 중 하나라 그렇지. '인생은 B와 D 사이의 C다'. 샤르트르 말대로 한번 버스(Birth)했으면 데스(Death)할 때까지 끊임없이 초이스(Choice)하는 게 인생 아니겠어요? 에이, 까짓거 인심 썼다. 이왕 이렇게 된 거 세 번째 밸런스 게임으로 넘어가는 거 어때요?"

"세 번째?"

"1번, 선의의 거짓말로 사모님 안심시키기. 2번, 통화 거절하거나 사실대로 털어놓고 민서와 영영 작별하기."

"선택의 여지가 없잖아!"

"저는 나름 배려해드린 건데 둘 다 마음에 안 드시나요? 그럼 그냥 번외 편 하던 거나 진행할까요?"

"아냐, 할게!"

"이번 미션 완수하시면 번외 편은 스킵해 드리겠습니다."

놈의 선심에 안도의 한숨이 터져 나왔다. 내 소중한 손가락 살려줘서 고마워! 하마터면 놈에게 큰절이라도 할 뻔했다. 그러나 마냥 안도할 때가 아니었다. 아내에게는 또 뭐라고 둘러대야 할지 막막했다.

"자, 그럼 10초 드리겠습니다."

"1번 갈게."

"빠른 선택 좋네요. 그럼 전화 받으시죠."

목소리를 흠흠 가다듬고 '대기 후 받기' 버튼을 누른 뒤 태연하게 전화를 받았다.

"어, 자기야."

"어디야?"

"밖이지."

"밖에 어디?"

아내의 목소리에서 의심과 불만이 묻어났다.

"아, 급한 미팅이 잡혀서 카페에 좀 왔어."

"민서는 어쩌고?"

"민서? 학교 앞에 내려줬는데."

"진짜? 내려준 거 확실해?"

아내의 목소리에 덜컥, 불안과 걱정이 얹혔다.

"왜, 무슨 일 있어?"

"방금 민서 담임 샘한테 전화 왔어. 민서 오늘 학교 안 왔대. 자기가 민서, 학교에 데려다준 거 아니었어?"

그제야 아차 싶었다. 그러고 보니 오전 열 시를 훌쩍 넘긴 시각이었다. 민서가 연락도 없이 결석했으니 학교에서 전화가 와도 몇 번은 왔을 터였다.

"아, 맞다! 내 정신 좀 봐. 자기한테 말해준다는 게 급한 미팅 잡히는 바람에 깜박하고 있었네."

"말해줘? 뭘?"

"얘가 오늘 몸이 안 좋다고 하루 쉬고 싶다고 가는 내내 징징대잖아. 그래서 오늘만 그러라고 했지. 내가 학교에 진작 전화를 해준다는 게……."

"아오, 내가 미치겠다, 진짜. 자기야, 애가 쉬고 싶댄다고 아빠란 사람이 '어, 그래, 쉬어.' 이러고 학교를 안 보냈어?"

아내의 목소리에서 불안과 걱정이 빠지고 안도와 짜증이 들어앉았다.

"짠하잖아. 한창 뛰어놀 땐데 학교, 학원만 풀로 빙빙 돌면서 얼마나 지겨워."

"학교, 학원 풀로 빙빙 도는 애가 대한민국에 민서 하나밖에 없어? 단호할 땐 단호해야지, 물러터져서 걸핏하면 애한테 끌려다녀. 그리고 아침엔 펄펄 날아다녔던 애가 무슨…… 좌우간 꾀병 9단이야."

차라리 그랬으면 좋겠다. 학교 안 가고 싶다고 떼쓰는 딸과 그 딸을 감싸는 아빠, 그런 딸과 남편이 못마땅한 아내. 다시 돌아갈 수 있을까? 그 평온한 일상으로…….

"애가 워낙 그렇잖아. 멀쩡하다가도 학교 앞에만 가면 급 다운되는 거."

"학교도 안 간 애가 전화기는 왜 꺼놓고?"

"자기한테 혼날까 봐 그랬겠지."

"'그랬겠지?' 꼭 남의 말 하듯 하네. 그래서, 지금 개랑 같이 있어?"

"그럼……."

그럼 얼마나 좋을까. 무심코 속마음을 내뱉으려다가 얼른 눌러 삼켰다.

"걔 좀 바꿔 봐."

두 번째 아차. 아내가 전화를 바꾸라고 할 줄은 미처 몰랐다.

"얼른 바꿔 봐. 안 혼낼 테니까."

"지금 화장실 갔는데?"

"거짓말하지 마. 영통 건다, 진짜?"

혹시 눈치챘나? 어쩌면 그런지도 모른다.

"옆에 있는 거 다 아니까 전화 받으라고 해. 진짜 혼나기 전에……."

아아, 어쩐다. 또 다른 난관 앞에 뭐라고 둘러대야 할지 난감해 애먼 머리만 북북 헝클어뜨렸다.

"진짜 화장실 갔다니까. 내가 버블티 사준 거 신나게 마시더니……."

"버블티? 그 와중에 버블티까지 사주셨어? 부녀가 아주

신났고만, 신났어. 내가 진짜 늙는다, 늙어. 당신은 도대체 왜 그래?"

"내가 뭘……?"

"몰라서 물어? 애 감싸고도는 것도 정도가 있어야지. 정도를 몰라, 아빠란 사람이……."

아빠란 사람이 딸 하나도 못 지켜서 납치까지 당하게 했어.

"미안해, 자기야. 진짜 미안해."

진심이었다. 이 절박한 상황을 털어놓지도 못하고 거짓말로 속여서 진심으로 미안했다.

"미안할 짓을 왜 해? 가만 보면 늘 그래. 자긴 사고 쳐 놓고 나서 나중에 수습하느라 바빠. 선사후수."

지금은 선수후사 중이야.

"전에 그 사건도 그렇고……."

'그 사건'은 내 외도 전력을 가리키는 아내만의 은어였다.

"민서가 없다니까 하는 말인데, 내가 진짜 그때만 생각하면 자다가도 벌떡벌떡 일어나. 그거 알긴 알아?"

"당연히 알지."

"아니, 모르는 거 같아. 마누라 마음도, 자식 교육법도……. 그래서, 어떻게 할 건데?"

"모르겠어."

"뭐?"

"어떻게 해야 할지 정말 모르겠어."

지금도 내 통화를 엿듣고 있을 놈이 시키는 대로만 하면 정말 민서를 무사히 돌려보내 줄지도, 내가 놈에게 어떻게 대처해야 정답인지도, 도대체 저놈은 내게 무슨 한이 맺혀서 이런 짓을 벌이는지도…… 정말이지 아무것도 모르겠다.

"자기야."

아내가 적잖이 누그러진 말투로 말했다.

"어."

"내가 누누이 말하지만, 정답은 자기 안에 있어. 단지 자기가 그걸 못 본 척할 뿐이지."

"그럴까."

그랬으면 좋겠다, 제발…….

"언제 내 말 틀린 거 봤어? 암튼 담임 샘한텐 내가 잘 말씀드려놓을 테니까 이따 네 시까지 학원 안 늦게 데려다주기나 해. 학원까지 빠지면 진짜 가만 안 둔다고 해."

"알았어, 그럴게."

"그래, 이따 봐."

아내가 전화를 끊으려던 순간, 내가 다급히 외쳤다.

"잠깐만, 자기야!"

"왜, 또?"

막상 말하려고 하니 입이 잘 떨어지지 않아 망설였다.

"불러놓고 말을 안 해. 할 말 없음 끊는다."

"사랑해……."

"뭐?"

"사랑한다고."

"자기 오늘 진짜 수상하다, 어째? 사람이 안 하던 짓 하면 죽을 때 된 거라는데 그런 거?"

그런지도 모를 일이었다.

"진심이야, 사랑해."

"자기 지금 무슨 미션 하고 있지?"

헉 소리를 낼 뻔했다. 허를 찔린 기분이었다. 역시 촉이 남다른 아내다웠다. 그래, 차라리 이쯤에서 사실을 털어놓는 게 낫지 않을까?

"어…… 그렇게 됐어."

"그래, 그럼 그렇지. 어쩐지 이상하더라. 어디서 뭘 찍는 건데?"

"어?"

"예능이나 몰카…… 뭐 그런 방송 찍는 거잖아."

아내는 미심쩍은 내 말과 행동을 전혀 엉뚱한 쪽으로 이해했다. 차라리 잘됐다 싶으면서도 한편으로는 기운이 탁 풀렸다.

"나중에 얘기할게. 집에 가서 봐."

"그래, 자기야. 이따 봐용. 나도 사랑해요!"

정말 방송 중이라 착각했는지 목소리까지 부드럽게 바꿔 통화를 마무리하는 아내를 보며 웃어야 할지 울어야 할지 몰라 복잡했다.

통화 대기를 풀자, 놈의 목소리가 돌아왔다. 군대 시절 훈련 중에 10분간 휴식을 마치고 행군을 다시 시작하던 기분이 되살아났다.

"위태위태해서 걱정했는데 생각보다 잘 넘기셨네요. 세 번째 밸런스 게임은 미션 완수로 하겠습니다."

역시 놈은 아내와의 통화 내용까지 낱낱이 엿들었다. 내 스마트폰을 해킹했거나 카메라와 마이크까지 어딘가에 달아놨거나.

"미션을 완수하셨으니 한 가지 질문에 답해드리죠. 궁금한 거 있으신가요?"

"있어."

"뭐죠?"

"너와 나 사이의 공통분모."

"오, 상당히 흥미로운 질문이네요. 네, 있습니다, 공통분모."

"그게 있는지 없는지 물은 게 아니잖아. 그 공통분모가 뭐냐고."

 잠시 뜸을 들이던 놈이 대답했다.

"박지훈 씨요."

 허리를 곧추세우며 놈에게 되물었다.

"박지훈? 고등학교 동창 지훈이 말하는 거야?"

"네, 맞습니다. 며칠 전에 감독님께 사천만 빌려 달라고 손 벌렸다 퇴짜 맞은 그 박지훈 씨요."

 과현 3인조 단톡방의 카톡 내용까지 알 정도라면 둘 중 하나였다.

 정말 내 폰을 해킹했거나 이놈이 박지훈 본인이거나. 먹히든 안 먹히든 한번 질러나 보기로 했다. 그래서 놈에게 물었다.

"너…… 박지훈이지?"

8. 애드리브

"정필규 감독님, 답변 가능 질문을 초과하셨습니다. 규칙 또 잊으셨죠? 미션 완수 하나당 답변 한 개라니까요."

놈의 목소리에 딱해하는 기색까지 어리니 자존심이 구겨졌다. 내 자존심을 더 건드리려고 작정했는지 놈이 덧붙였다.

"그리고 영화감독 추리력치곤 너무 빈곤하잖아요. 「명탐정 코난」의 유명한 탐정 아시죠? 허구한 날 코난한테 마취침 맞고 잠드는 그분. 그분보다도 추리를 못하시니 제가 다 민망해서 얼굴이 화끈거릴 지경이네요."

"어쩌라고……."

박지훈이 아니라면 그놈과 가까운 지인인지도 몰랐다.

"이왕 선심 쓴 김에 좀 더 써드리죠. 네 번째 밸런스 게임 제시하겠습니다. 1번, 박지훈 씨를 고문해 결정적 단서 알아내기. 2번, 박지훈 씨 집에 잠입해 결정적 단서 획득하기. 단, 2번 선택 시 잠입 사실을 누구에게도 들키면 안 됩니다."

"그 말은 지훈이가 어떻게든 너랑 관련이 있다, 이거지?"

"미리 말씀드리면 재미가 확 떨어지잖아요. 영화로 치면 스포해 달란 거잖아요. 「에리니스」 시사회 때 감독님도 기자들한테 신신당부하지 않으셨나요? 스포성 기사 자제해달라고……. 자, 그럼 10초 드리겠습니다."

고문과 잠입, 둘 중 하나라니……. 답은 뻔했다.

지난주 일로 사이가 서먹해지긴 했지만, 지훈은 과현 3인조의 일원이자 절친이었다. 지훈을 고문해 단서를 알아내느니 집에 몰래 들어가 단서를 알아내는 편이 차라리 더 안전했다.

"2번으로 할게."

"좋습니다. 그럼 바로 출발하시죠. 어쨌든 한때 절친이셨으니 지훈 씨 집은 어딘지 잘 아시죠?"

모를 리 없었다. 영화감독이 되기 전에는 물론이고, 데뷔 이후에도 곧잘 들락거렸던 홍주 변두리의 빌라였으니까.

곧장 공원 주차장을 빠져나와 지훈의 집으로 내달리기 시작했다. 그 와중에도 어쩐지 찝찝했다. 놈이 파 놓은 함정에 제 발로 달려드는 듯한 기분이 들어서였다. 하지만 달리 뾰족한 수도 없었다. 지금 민서의 목숨은 놈의 손에 달려 있고, 나는 놈이 누구인지, 놈이 어디서 나를 지켜보는지조차 전혀 모르니까.

"도착했어."

지훈의 빌라 주차장에 차를 대며 지훈의 집이 있는 3층을 올려다보았다. 지훈이 집에 있는지 사람 그림자가 안쪽에서 어른거렸다.

"그럼 시작하시죠."

"집에 있는데? 그냥 집에 들어가서 물어보면 안 되나?"

"룰을 정했으면 룰을 따라야죠. 감독님께서 힘들게 쓰신 시나리오를 촬영 당일에 배우가 애드리브로 막 바꾸면 엄청 뭐라고 하시잖아요."

촬영 중 배우의 애드리브를 별로 안 좋아하고, 배우가 그럴 때마다 나무라는 내 연출 방식을 두고 한 말이었다. 물론 이 정도야 인터뷰 기사만 검색해도 나올 만한 정보이긴 했다.

"무슨 말인지 알겠어."

그나저나 지훈이가 집 비울 때까지 마냥 기다릴 수도 없고 어쩐다?

"잠깐 전화 끊어야겠어."

"왜죠?"

"전화해야지, 지훈이한테······."

그냥 세컨폰으로 하라고 할 줄 알았는데 놈은 의외로 순순히 물러났다.

"그렇게 하시죠."

놈과의 통화를 끊고 지훈에게 전화를 걸었다. 하지만 음성사서함으로 넘어가도록 지훈은 전화를 받지 않았다. 세 번이나 더 해봤지만 마찬가지였다. 점점 초조해지기 시작했다. 연락이 오든 안 오든 카톡이라도 보내보자.

지훈아
잘 지내?
며칠 전엔 미안했다
두고두고 걸려서……ㅎㅎ
와이프 모르게
비축해둔 비상금 있는데
사천은 안 되지만
이천 정돈 가능할 듯
지금 너네 집 근천데
우리 늘 보던 카페 알지?
'카르마'
거기로 갈 테니까

안 바쁘면 잠깐 나올래?

애드리브

너도 이체보단 현금이 낫잖아

카톡을 보내놓고 나니 자괴감이 세차게 일었다. 애드리브를 안 좋아한다면서 지훈을 집 밖으로 꾀어내려는 수작이 죄다 애드리브라니……

한동안 말풍선 옆에 붙어 있던 노란 1이 순식간에 사라졌다. 그리고 전화가 울리기 시작했다. 지훈이었다.

"어, 지훈아. 지난번엔……"

뭐라 말하기도 전에 지훈이 내 말을 끊었다.

"얼마나 걸리는데?"

"어? 뭐가?"

"'카르마'로 온다며."

내비게이션의 시계를 보았다. 오전 10시 46분이었다.

"아, 한 15분쯤? 바로 나올 수 있어?"

"11시에 거기서 보자."

돈이 어지간히 급하긴 한 모양이었다. 전화를 끊자마자 휴대폰이 울렸다. 이번엔 놈이었다.

"혹시 모르니 블루투스 이어폰 챙기시죠."

고양이가 쥐 생각은…….

"알았어."

블투 이어폰을 귀에 꽂는 동안, 지훈이 빌라 입구로 나왔다. 전화 끊고 곧바로 달려 나왔는지 반팔, 반바지에 모자만 눌러쓴 차림이었다. 재빨리 운전석 아래로 몸을 웅크리지 않았다면 눈이 마주칠 뻔했다. 내 차를 알아보면 어쩌지? 순간 걱정했지만 기우였다. 지훈은 종종걸음으로 빌라 밖으로 빠져나갔다.

이 빌라에서 카페 '카르마'까지는 걸어서 10분. 11시에 만나기로 했으니 10분 이상은 기다리겠지. 그래도 내가 안 나타나면 전화를 할 테고……. 내게 주어진 시간은 길어야 30분이었다. 그 안에 뭐든 찾아내야 했다. 지훈이 골목길 너머로 완전히 사라진 뒤에야 차에서 내려 빌라 입구로 들어섰다.

"공동출입문 비번 5824입니다."

놈의 귀띔대로 눌러보니 현관문이 스르륵 열렸다.

"어떻게 이 빌라 출입문 비번까지 알지?"

"그 정도는 기본이죠."

난 기본도 안 됐고…….

엘리베이터도 없는 빌라라 숨죽여 계단으로 올라갔다. 그리고 마침내 지훈이 사는 302호 앞에 다다랐다. 현관문 도어록 앞에서 또 막혔다.

"안 들어가세요?"

"도어록 비번을 알아야 들어가지."

"절친 도어록 비번도 모르십니까?"

"그것까지 알아야 해?"

"9172."

이번에도 놈이 알려준 비번은 정확했다.

도어록이 열리자 현관문을 열고 들어가면서도 조마조마했다. 누군가 숨어 있다가 와락 튀어나와서 나를 덮칠 듯한 긴장감에 오금이 저렸다. 현관에 몸을 반쯤 들이고 바깥을 살피고는 숨죽여 현관문을 닫았다.

"어? 뭐야."

집 안으로 들어서려다 멈칫했다. 반년 전만 해도 깔끔했던 집 안이 온갖 쓰레기로 엉망진창이었다.

"으…… 냄새."

뭐가 썩는지 악취까지 나서 속이 울렁거렸다.

"여기서 뭘 어떻게 찾아?"

둘러보니 여기에는 설령 결정적 단서가 있다 해도 찾아내기가 모래사장에서 바늘 찾기일 듯했다.

"뭐가 뭔지 알 수가 있어야 뭘 찾든 말든 하지."

신발을 벗고 현관에 발을 들이던 순간, 뭔가 내 발등을 타고 스르륵 지나갔다.

"뭐야……?"

시커먼 물체는 바닥에 나뒹구는 장우산 속으로 쏙 파고

들었다.

"뭐야, 도대체······."

무심코 우산을 들어봤다. 팔뚝에 시커먼 뭔가가 후드득 떨어졌다. 어른 엄지만 한 바퀴벌레였다. 기겁하며 엉덩방아를 찧었다. 한 마리가 아니었다. 자세히 보니 수십 마리였다. 나도 모르게 우산을 바닥에 내팽개쳤다.

"바퀴벌레 소굴이야, 뭐야!"

목구멍으로 치미는 구역질을 간신히 눌러 삼키느라 눈물이 찔끔 났다.

"미치겠네, 진짜······."

현관에서 벗으려던 신발을 도로 신었다. 바닥에 뒹구는 온갖 잡동사니를 까치발로 피하며 집 안 여기저기를 둘러보았다. 서재 책상에 놓인 세 대의 모니터에는 주식 현황이 떠 있었는데 모니터에 금이 쩍쩍 가서 내용도 제대로 보이지 않을 정도였다. 뭔가로 모니터를 박살 낸 듯했다.

모니터 옆 벽에 붙은 화이트보드에도 뜻 모를 낙서와 메모가 가득했는데 귀퉁이에 낯익은 단어가 눈에 띄었다.

에리니스

그 아래에는 '지랄하네' '씨발놈' 같은 욕설도 삐뚤삐뚤한 글씨로 붙어 있었다. 나를 시기 질투한 낙서인가? 어쩌면 그럴지도 몰랐다. 그 밑에 또 하나의 낙서가 보였는데 쓰고 지웠는지 흐릿했다. 스마트폰 손전등을 켜고 비춰보았다.

JMTㅋㅋㅋ

뭐가 존맛탱이란 거야. 맛이 갔구나. 아무래도 정신이 나간 모양이었다. 한숨을 내쉬며 블투 이어폰에 대고 말했다.
"별거 없어. 있어도 못 찾겠어."
"그런가요? 그럼 그냥 나오시든가요. 미션 포기하시고……."
"좀 더 둘러볼게."
그때 지훈에게 카톡이 왔다.

지훈	카르마 도착
	그래?
	나도 가는 중
	차가 밀려서
	늦을 거 같은데
지훈	기다릴게
	천천히 와

아직 11시도 안 되었는데 벌써 카페에 도착했다는 카톡을 받으니 슬슬 초조해졌다. 천천히 오라고 말은 했지만 지훈도 적잖이 몸이 달 터였다.

현관문 밖에서 두런거리는 말소리가 들려왔다. 뭐지? 지훈이가 벌써 올 리는 없는데…….

옆집 사람이 지나가는 소리이겠거니 우두커니 서서 기다렸는데 누군가 현관문을 거칠게 두들기기 시작했다.

9. 스턴트

쾅! 쾅! 쾅!

노크 수준이 아니라 주먹으로 부술 듯 내리치는 소리였다.

누구지? 벽에 몸을 바짝 붙이고 숨을 죽였다.

"계십니까? 박지훈 씨! 다 알고 왔습니다, 집에 계시는 거."

빚쟁이들인가?

"자꾸 배 째란 식으로 나오시면 진짜 문 따고 들어가서 배 쨉니다. 우리같은 놈들 집에 들이면 3대가 재수 없어요. 오늘까지 입금 안 하면 집에 찾아와도 된다고 도어록 비번도 다 알려주셨잖아요."

도어록 비번까지 알려줬다고? 무슨 비번이 공공재도 아니고……

"내가 어떻게 하면 돼?"

전화기 너머의 놈에게 물었지만 돌아온 대답은 싸늘했다.

"그건 알아서 하셔야죠."

놈은 아예 전화를 끊어버렸다.

"10초 드리겠습니다!"

오늘 저 소리 지겹게 듣는구나.

"하나!"

몸을 숨겨야 하나?

"두울!"

차라리 그냥 문을 열어주고 지훈이 없으니 이따 오라고 할까?

"세엣!"

아니다. 그런 핑계가 저런 놈들한테 통할 리 없다.

"네엣!"

아니면 아까 그 양아치처럼 때려눕히고 여길 떠버릴까?

"다섯!"

아니다. 괜히 저런 놈들과 엮여서 이로울 게 없다. 누구에게도 침입 사실을 들켜서는 안 된다는 놈의 조건도 마음에 걸렸다.

"여섯!"

칼 같은 연장을 들었으면 어쩌지?

"일곱!"

집 안이 워낙 난장판이니 쓰레기더미에라도 파고 숨을까?

"여덟!"

현관에서 봤던 바퀴벌레 군단을 떠올리니 그 또한 마땅치 않았다

"아홉!"

몸을 숨길 데라고는 단 한 곳!

"열! 자, 그럼 우리는 박지훈 씨의 동의 하에 집 안으로 들어갑니다."

미칠 듯한 긴박감 속에 몸을 움직이던 순간, 도어락 누르는 소리가 나더니 현관문이 벌컥, 열렸다.

두 남자가 구둣발로 서슴없이 집 안으로 성큼성큼 걸어 들어왔다. 한 명은 아귀 같은 인상의 30대, 한 명은 3대 500은 칠 듯한 떡대였다. 둘 다 내 영화에 악역으로 출연하면 딱 좋을 인상들이었다.

"박지훈 씨! 그동안 안녕하셨습니까? 하이고, 집 안 꼴 봐라. 어디서 썩어가고 계셔도 한참 찾아야 보이겠네. 박지훈 씨? 피차 오래 봐서 이로운 거 없는 사이에 그만 쌍 박히고 나와서 얼른 담판 짓고 끝냅시다. 깨끗이, 깨끗이, 깨끗이!"

아귀가 욕실 쪽을 턱짓하자 떡대가 욕실로 다가가 문을 벌컥 열었다.

"없습니다, 형님."

이런 상황에 욕실에 숨는 건 나를 죽여 달라는 말과 같다. 어디에도 나갈 구멍이 없으니까.

"얀마, 건성으로 흘끔 보고 '없습니다, 형님' 이래 버리면 숨어 계신 분 허탈하잖냐. 문 뒤랑 욕조랑 자세히 좀 들여다봐라, 숨은 사람 성의도 좀 배려해서."

"예, 형님."

역시 내 예상대로였다.

"자세히 봤는데 진짜 없습니다, 형님."

"그래? 우리 박지훈 고객님, 돈 떼먹기에만 진심이신 줄 알았더니 숨바꼭질에도 일가견이 있으시네. 사람이 말이야, 신용이 곧 재산인데 약속은 철석같이 해놓고 연락은 다 차단하고 쌩 깐다고 빚이 저절로 까집니까? 돈 없으면 몸으로라도 최소한의 성의는 보이셔야지."

살다 살다 저런 놈들하고까지 엮이다니 지훈도 참 막장에 다다른 인생이었다.

"장기를 빼든가, 각막을 빼든가. 엄두가 안 나시면 제가 직접 빼 드릴게. 소싯적에 마장동에서 칼질 좀 했으니까."

아귀가 제 가죽 재킷에서 회칼을 끄집어냈다.

"내가 웬만하면 내 손 안 더럽히려고 이런 거 안 꺼내는데 오늘은 안 되겠네요."

미친놈들 아니야? 때가 어느 땐데 회칼을 들고 다녀?

"박지훈 씨? 제가 먼저 찾으면 그 즉시 대수술 들어갑니다. 마취고 뭐고 없어요."

아귀가 침대 옆으로 다가가더니 납작 엎드려 밑을 들여다보았다. 역시 침대 밑도 안전하지 않다. 침대 밑에 숨었다가 들켜 죽는 장면이 내 영화에도 나올 정도니까.

"야, 집에 있는 거 맞아?"

"아까 확인했습니다, 형님."

무슨 확인을 했단 말이야? 니들이 찾는 박지훈은 지금 카페 '카르마'에 있단 말이다! 그리고 나는 빌라 발코니 난간에 매달려 창틈으로 집 안을 엿보며 숨을 죽였다.

그냥 확 뛰어내릴까?

아래를 내려다보니 10m는 족히 되어 보였다. 인간이 가장 공포를 느끼는 높이는 11m! 거의 그 높이인 데다 고소공포증까지 더해져 오금이 저리고 다리가 후들거렸다. 놈들이 내다보면 끝장이었다.

"야, 발코니는 확인했어?"

미치겠다.

"아, 거긴…… 바로 확인하겠습니다, 형님."

발소리가 이쪽으로 점점 가까워졌다.

이제 정말 어쩌지? 심장박동이 빨라지고 입이 바짝바짝 말라왔다. 바로 아래를 보니 층과 층 사이에 툭 튀어나온 가로 턱이 보였다. 턱의 폭은 끽해야 반 뼘. 그리로 발을 쭉 뻗어보았다. 닿을락 말락 잘 닿지 않았다. 아예 내려서듯이 발을 내리뻗었다.

닿았다!

하마터면 턱 너머로 발끝이 미끄러져 밑으로 곤두박질할 뻔했다. 턱 위에 내려선 순간 앞뒤로 휘청이는 몸을 가누느라 진땀을 빼야 했다. 간신히 중심을 잡고 두 발을 가로로 붙여 벽에 바짝 붙어섰다. 그러고는 게처럼 옆으로 걷기 시작했다. 스턴트 대역도 없이 몸소 스턴트를 찍는 기분이었다.

건물 모퉁이가 보인다! 가까스로 모퉁이를 돌아선 순간 발코니에서 떡대의 목소리가 들려왔다.

"없습니다, 형님."

간발의 차로 안 들켰다. 안도의 한숨을 쉬기도 잠시, 바지 호주머니 속의 휴대폰이 진동하기 시작했다.

미치겠네, 진짜……. 전화기를 꺼내보니 발신자는 지훈이었다. 얼른 이어폰을 눌러 전화를 받았다.

"어, 지훈아."

"뭐야, 왜 속삭여?"

속삭일 상황이니까.

"어, 목이 좀 안 좋아서."

"어딘데?"

너네 빌라 외벽.

"가는 중인데 길이 꽉 막혀서 꼼짝을 않네."

까딱 잘못 꼼짝했다가는 저승길로 직행할 상황이고…….

"아직도?"

폰으로 시간을 보니 11시 3분이었다.

천천히 오라더니 어지간한 급한 모양이었다. 하기는 저런 놈들이 집까지 찾아올 정도면 급한 정도가 아닐 터였다.

"진짜 오고 있는 거 맞아?"

지훈의 목소리에 의심이 어렸다.

"맞는데?"

"혹시 너……."

"혹시 뭐……?"

뭔가 낌새를 눈치챘나?

"나 엿먹이려는 건 아니지?"

"무슨 소리야?"

"예전 가닥 나오나 해서."

"예전 가닥이라니……?"

"챙겨주는 척하다 뒤통수치기, 니 특기였잖냐."

"내가? 내가 언제?"

"아니다, 다 옛날 얘기야."

"옛날 언제?"

"아, 됐다고."

"구체적으로 말해 봐."

내가 집요하게 물고 늘어지자, 지훈이 코웃음 쳤다.

"다 잊었나 보구나."

"말했잖아. 나 요새 건망증 심하다고."

"아…… 건망증…… 그래, 뭐 됐고 장난하는 건 아니지?"

자꾸 심기를 건드리는 지훈의 말에 상황도 잊고 정색하며 되물었다.

"야, 넌 지금 내가 장난이나 치고 있을 만큼 한가해 보여?"

차라리 장난이었으면 좋겠다. 딸을 납치한 미친놈에게 걸려 오전 내내 별짓 다 하다 빌라 외벽에까지 매달린 이 상황이 다 장난이었으면 소원이 없겠다.

"하긴…… 영화감독 정필규가 할 일 없겠냐. 그깟 푼돈으로 장난이나 치게……."

찔끔한 지훈이 얼른 화제를 돌렸다.

"어떻게, 도착은 언제쯤 할 거 같아?"

"한 10분?"

여기서 내가 안 떨어져 죽는다는 전제하에…….

"알았어, 그럼 믿고 기다릴게."

"그래, 좀 있다 봐."

전화를 끊는 순간, 발을 헛디뎌 몸의 중심을 잃고 턱에서 쭉 미끄러졌다.

"엇! 어? 어!"

이런 순간, 영화에서는 슬로 모션을 곧잘 쓴다. 주인공이 곧 죽을 위기에 처한 순간.

빌라 외벽 턱에서 미끄러지던 그 순간이 내게는 모든 게 슬로 모션으로 보였다.

10m 아래의 콘크리트 바닥과 그 위에서 허우적대는 내 팔다리. 그리고 어디에도 잡을 게…… 잡을 게 보였다! 바로 옆의 가스 배관이었다.

턱!

잡았다. 동아줄 같은 배관을 붙들고 허공에 대롱대롱 매달렸다. 살았다는 안도감보다 곧 죽을지 모른다는 불안감이 더 컸다.

인제 어쩌지? 엎친 데 덮친 격으로 배관을 타고 뭐가 흘렀는지 미끄럽기까지 했다. 등줄기로 식은땀이 흘렀다. 이걸 타고 내려가야 하나? 그러나 불가능했다. 2층부터 맨 아래까지 가시처럼 튀어나온 방범 장치가 배관에 붙어 있었기 때문이었다.

다시금 전화기가 진동하기 시작했다. 이번에는 모로스였다.

"아 진짜! 이럴 땐 사정 좀 봐달라고……."

그러나 놈이 내 사정을 봐줄 리 없었다. 배관에 매달린 채 두 발로 벽을 밟고 서서 간신히 블루투스 이어폰 버튼을 눌렀다.

"왜 전화질이야?"

다음 순간, 나는 내 귀를 의심했다.

"뛰어내리시죠."

"뭐?"

10. 플레이어

"뛰어내리라고."

웃음기 하나 없는 놈의 명령에 목덜미가 서늘해졌다.

"뛰어내리라고? 여기서?"

도무지 믿기지 않아 되물으며 아래를 내려다보았다. 여기서 뛰어내리면 운이 좋아야 골절상이고, 운 나쁘면 죽는다. 새삼 오금이 저려왔다.

"거기서 뛰어내리시면 네 번째 게임 미션은 성공으로 인정해드리지요."

"결국 이거였구나."

"이거라뇨?"

"니 최종목표."

"뭘 말씀하시는 거죠?"

"넌 날 죽이는 게 목적이잖아."

"에이, 설마 그럴 리가요. 정 감독님 여기서 돌아가시면 밸런스 게임도 끝나잖아요. 이제 슬슬 재밌어지는 참인데……, 세이브도 안 되는 리얼타임 게임에서 게임 캐릭터가 죽으면 플레이어가 슬프죠."

"그래, 슬프기도 하겠지. 갖고 놀 게임 캐릭터가 없어지니까……."

놈이 나를 어떻게 여기는지 단적으로 알려주는 말이라 이가 갈렸다.

"감독님, 영화적 시각으로 보세요. 그럼 지금 플레이어는 제가 아니라 감독님이라니까요. 전 그냥 뒤에서 디렉팅만 하는 거고요."

"그 디렉팅이 너무 좆같으니 문제지."

"「어나더 라운드」의 감독 토마스 빈터베르그가 그랬잖아요. '디렉팅이란 저 아래 시커먼 물이 출렁이는 절벽 위에서 위험을 무릅쓰고 뛰어내리는 것과 같다. 과연 살아남을 수 있을지 전혀 알 수 없지만, 동료 아티스트와 함께 뛰어내리면 뜨거운 연대감이 치솟는다.'"

"그럼 너도 같이 뛰어내려라. 뜨거운 연대감 치솟게……."

"전 지금 감독님 디렉팅하랴, 민서도 돌보랴, 자리를 비울 수가 없는데 어쩌죠? 아쉽지만 영혼 보내기로 마음만 함께할게요. 감독님은 이 악물고 어떻게든 살아남으세요. 그래야 민서도 다시 보시고 차기작도 찍으시고 하시죠. 안 그래요?"

약을 살살 올리는 말에 화가 머리끝까지 솟구쳤다.

"너 이 개……."

목구멍까지 치미는 욕설을 간신히 눌러 삼켰다. 하기는 놈의 말대로였다. 이 미친 게임에서 놈은 나를 시나리오대로 연출하는 감독이었고 나는 놈이 시키는 대로 움직이는 배우였다. 도대체 이 시나리오의 엔딩은 뭘까.

가스 배관을 움켜쥔 손아귀에 진땀이 나면서 손이 점점 미끄러지기 시작했다.

정말 뛰어내려야 하나? 그렇다면 충격을 줄일 방법은 없을까?

이를 악물고 아래를 내려다봤지만…… 없었다. 온통 콘크리트 바닥, 그 흔한 화단이나 가로수 하나 없었다. 와이어도, 안전 매트도, 스턴트 코디네이터도 없는 현실에서는 그저 맨땅에 다이빙일 뿐이었다.

지훈의 빌라 안쪽에서 누군가 문을 또 부술 듯이 두들기는 소리가 났다.

무슨 소리지, 또……?

배관을 한 손으로 꼭 붙들고 다른 손을 옷에 문질러 진땀을 닦았다. 그렇게 번갈아 양손의 축축한 기운을 닦고 배관에 매달리니 그나마 버틸 만해졌다.

외벽을 한 발, 한 발 올라 턱 쪽으로 다시 다리를 뻗었다.

"지금 뭐 하시는 거죠?"

어리둥절해진 놈의 물음에 받아쳤다.

"이 악물고 어떻게든 살아남으라며? 그렇게 하려는데 뭐 잘못됐어?"

"뛰어내리는 건요?"

"그건 애초에 게임 미션도 아니었잖아. 그냥 니가 나오는 대로 지껄인 말이지. 내가 성실히 임하겠다고 약속한 건 아홉 가지 밸런스 게임이고……. 안 그래?"

이번에는 내가 놈의 허를 찔렀다.

"오호, 듣고 보니 말 되는데요?"

발끝을 턱에 걸치고 몸을 그리로 옮겼다. 그러고는 외벽에 몸을 바짝 붙이고 모퉁이를 돌아 발코니로 다가갔다.

"뭐야, 또? 야, 니가 가 봐."

"예, 형님."

발코니 창틈으로 다가가 집 안을 들여다보니, 돌아서서 현관문 쪽을 바라보는 아귀와 떡대가 보였다. 떡대가 현관에 대고 물었다.

"누구십니까?"

"이 집 주인인데요!"

플레이어 93

걸걸한 중년 여자의 목소리였다. 언젠가 마주쳤던 주인인 듯했다.

"무슨 일로 그러십니까?"

"보증금 다 까진 지가 벌써 석 달째예요! 방세 언제 입금할 거예요?"

주인이 따지자 아귀가 혀를 차며 중얼거렸다.

"아이고, 지랄도 멀티로 하는고만."

"아, 방세 언제 낼 거냐고요!"

주인의 재촉에 떡대가 보이지도 않을 손을 휘휘 내저었다.

"아줌마, 나중에 오세요. 저희도 여기 사는 사람 아니거든요."

아귀가 떡대를 바라보며 제 이마를 짚었다.

"야, 그걸 막 누설하면…… 하 놔…… 이 빡대가리 아무튼……."

"그럼 당신네는 누구신데요?"

"여기 세입자한테 볼일이 있어서 찾아온 사람인데요?"

"세입자는 어딨는데요?"

"저희도 지금 찾고 있거든요."

"아니, 그럼 지금 사는 사람도 없는 남의 집에 들어가 있단 거예요?"

"네? 아, 그게 아니라……."

떡대의 말문이 막히자, 아귀도 대화에 끼어들었다.

"어머님! 저희요, 세입자분 동의하에 들어와 있는 겁니다."

"그쪽은 이 집 세입자랑 무슨 관계인데요?"

"아무래도 채무 관계겠죠?"

"채무 관계면 남의 집에 막 들어와 있어도 돼요?"

"세입자분한테 들어와 기다리라고 동의받았다니까요."

"동의는 무슨…… 집주인이 와서 따져도 문 한번 안 열어주는데. 문 열어봐요! 주거침입으로다 경찰에 신고하기 전에……"

"에헤이, 우리 어머님 빡빡하게 왜 그러실까. 거, 알 만한 분이……"

아귀의 능청스러운 대꾸에도 주인은 목청을 돋웠다.

"댁 같은 아들 둔 적 없고 이 집 남자가 댁들하고 채무 관계든 체할 관계든 내 알 바 아니니까 대신 월세 내줄 거 아니면 당장 문 열고 나와요!"

"에이, 이 아줌마가 진짜!"

"진짜 뭐? 뭐!"

여자가 버럭 언성을 높이자 아귀가 꼬리를 내렸다.

"진짜 집주인답다…… 이 말입니다. 아, 진짜 아침 먹은 거 체하겠네."

아귀가 손에 든 회칼을 품에 다시 넣고 한숨을 내쉬더니 떡대에게 눈짓했다. 떡대가 현관문을 열었다. 두 남자 사이로 씩씩대는 여자가 언뜻 보였다.

"당신들 말이야, 1초만 늦게 열었어도 진짜 신고했어, 내가! 가, 빨리."

"가긴 어딜 가요, 볼일도 안 끝났는데……."

"안 되겠어, 신고해야지, 내가."

주인이 휴대폰을 꺼내 들고서야 아귀는 손사래를 쳤다.

"알았어요, 갈게요. 가면 되죠?"

아귀는 현관 밖으로 나서면서도 뭔가 아쉬운 눈치로 돌아보며 집 안에 대고 외쳤다.

"또 봅시다, 박지훈 씨!"

"또 보긴 뭘 봐, 가라고, 얼렁!"

현관문이 닫혔다.

세 사람이 옥신각신하며 떠드는 소리가 계단 너머로 멀어졌다. 빌라 밖으로 나온 두 놈이 발코니에 매달린 나를 보기 전에 집 안으로 돌아와야 했다.

서둘러 발코니를 타고 넘다가 다리가 풀려 앞으로 고꾸라졌다.

우당탕 넘어지는 소리가 어찌나 요란했는지 바깥 어딘가에서 개가 짖어댈 정도였다. 밖에서 들려오던 세 사람의 목소리도 뚝 멎었다. 아파할 새도 없이 엎드린 채로 숨을 죽이고 밖의 인기척에 귀 기울였다.

들켰나······?

이내 시끌벅적한 소리가 다시 들리더니 빌라 밖으로 이어졌다.

"하아······. 우리 정 감독님 운발도 참 좋으시네."

블루투스 이어폰 너머에서 낄낄대는 웃음소리가 소름 끼쳤다.

죽인다.

민서만 구하면······ 넌 진짜 내가 죽인다.

"그나저나 박지훈 씨한테 질러 놓은 말이 있으니 얼른 가 보셔야죠?"

"안 보채도 갈 거야."

집 안을 가로질러 밖으로 나가려는데 뭔가 발에 툭, 차였다.

"어······?"

분명 좀 전엔 못 봤던 물건이었다. 아귀와 떡대가 집 안을 들쑤실 때 어딘가에서 튀어나온 모양이었다.

이건······?

"졸업앨범이 왜 여기에······?"

나도 모르게 앨범을 집어 들어 표지를 보았다가 흠칫했다.

날카로운 칼날 따위로 표지를 북북 그어 놓은 커다란 X자로 가득했다. 한두 번이 아니었다. 수십 번은 그어서 자주색 표지 아래에 찍힌 '과현고등학교'라는 여섯 자도 제대로 안 보일 지경이었다. 내가 졸업한 해의 앨범이었다. 앨범을 펼쳐보았다. 안쪽은 그나마 온전했다. 그런데 우리 반이었던 5반을 펼친 순간, X자로 수도 없이 긋고 찢고 담뱃불로 지지기까지 한 얼굴이 있었다.

바로 나였다.

"감독님, 드디어 뭔가 결정적 단서라도 발견하셨나요?"

"어쩌면……."

확실치는 않지만, 어딘가 짚이는 구석이 있었다. 일단 지훈을 만나서 물어보기로 했다. 놈과의 통화를 끊고 앨범을 챙겨 현관문을 열고 나서다 우뚝, 얼어붙었다.

반갑지 않은 조연 배우들이 문 앞에 떡하니 서 있었다.

11. 서스펜스

 아귀와 떡대였다.
 집주인 등쌀에 못 이겨 돌아가는 척했다가 슬그머니 돌아와 현관문 앞에 죽친 모양새였다. 예상보다 훨씬 더 끈질긴 놈들이었다. 놈들이 빌라 밖으로 완전히 빠져나가는 광경을 확인한 뒤에 움직였어야 했다.
 "아이고, 안녕하십니까? 박지훈 씨인가 했더니 처음 뵙는 분이시네."
 아귀가 탐색하듯 나를 위아래로 훑어보며 인사를 건넸다. 덜미를 낚아챘다는 회심의 미소와 내가 누구인지 몰라 살피는 눈빛이 엇갈렸다.
 "누구세요?"
 "그건 저희가 사장님한테 여쭤보고 싶은 말인데요. 사장님은 누구신데 박지훈 씨 댁에서 나오십니까?"

이놈들은 아직 내가 누군지 모른다. 그 점을 이용하기로 했다.

"박지훈한테 돈 받으러 온 사람인데요."

정확히는 돈 빌려주기로 한 사람이지만…….

"돈이요?"

"아, 이 좆만 한 새끼가 준다, 준다, 말만 하고 차일피일 미룬 게 벌써 석 달째라 빡쳐서 쫓아왔지."

"아하! 그러시구나. 저희도 사장님과 같은 용무로 왔는데……. 근데 박지훈 씨랑은 친분이 좀 돈독하신가요?"

"친분은 무슨 얼어죽을……. 이 새끼 오늘 안 주면 장기라도 빼내다 팔겠다고 생난리를 쳤더니 이게 아예 배 째라면서 도어록 비번까지 알려주대요? 뒤져서 뭐라도 나오면 다 챙겨가라나 뭐라나."

"거참, 진짜 개막장 인생일세."

아귀의 눈길이 내 손에 들린 졸업앨범으로 내려왔다.

"근데 그건 왜……?

"아, 이거요? 집 안을 아무리 뒤져도 뭐가 나와야 말이지, 개인정보라도 팔아서 푼돈이라도 까볼까 잡히는 대로 들고 왔는데 왜요?"

"아, 그러셨구나. 근데 참 희한하네요?"

"뭐가요?"

"우리도 이 집 들어갔다 방금 나왔거든요?"

"그런데요?"

"우리 들어갔을 땐 집 안을 다 뒤집어도 안 보이시던데 그동안 어디 계셨어요, 사장님?"

아귀가 눈짓하자 떡대가 슬그머니 내 앞을 가로막았다. 퇴로를 미리 차단하겠다? 여기서 어물어물하면 놈들은 내게 뭔가 구린 구석이 있다고 여기겠지. 그럼 또 골치 아파진다.

"어디 있었긴요, 박지훈 이 새끼가 집에 왔나 싶어서 발코니 쪽에 짱박혔는데요. 여차하면 덮치려고……."

"아이고, 세상에! 우리 때문에 그 옹색한 데에 매달려 계셨구나. 대롱대롱?"

아귀가 떡대를 돌아봤다.

"야!"

"예, 형님."

아귀가 떡대의 따귀를 날렸다.

"아이, 나 이 새끼…… 내가 똑바로 찾아보라고 말했냐, 안 했냐?"

"하셨습니다, 형님."

"근데 이 귀하신 분이 발코니에 매달려서 영화 찍고 계셨다잖냐!"

"죄송합니다, 형님."

어쩐지 뼈가 있는 말이었다. 내가 영화감독인 줄이야 모르는 눈치였지만, 분명 비꼬는 말투였다. 다시 내 쪽을 바라보는 아귀의 눈빛이 의심으로 번뜩였다.

"좀 전에 저희 들어갔을 때 박지훈 씨가 아니란 건 사장님도 아셨을 거 아녜요. 그죠?"

"그야 그렇죠."

"근데 궁금한 게…… 그 난리 치는 와중에도 굳이 위험하게 발코니 밖에 매달려 계신 이유가 있을까요? 대롱대롱?"

놈이 '대롱대롱'을 힘주어 말하며 허를 찔렀다. 점점 궁지로 몰리는 조바심에 목덜미에서 식은땀이 배어났다. 이럴 때일수록 침착하게 받아쳐야 한다. 아니면 물린다. 이런 놈들은 하이에나 같아서 상대의 약점을 알아챈 순간, 물고 늘어진다. 숨통을 끊을 때까지…….

"집 안에 구둣발로 들어와서 회칼까지 들고 설치는 분들한테 얼씨구나 달려 나와서 '아이고, 반갑습니다. 그쪽은 박지훈이한테 얼마나 물리셨어요?' 동병상련의 정이라도 나눕니까? 그러다 칼 맞으면? 안 그래도 떼인 돈만 생각하면 열불 나서 그 새낄 광화문에 거꾸로 매달고 싶고만. 대롱대롱!"

내가 '대롱대롱'을 강조하며 받아치자 아귀가 움찔했다.

"사장님은 박지훈 씨한테 얼마나 떼이셨는데요?"

"3억이요, 3억! 25%씩 이자까지 쳐서 꼭 갚겠다고 장담할 때 손절했어야 하는데……. 내가 미친놈이지."

"사장님도 꽤 떼이셨네."

아귀의 눈빛이 한층 누그러진 틈을 타서 여기를 빠져나가려 했다.

"나와 봐요, 좀 가게."

내가 한 걸음 내딛자 떡대가 아귀를 돌아봤다.

"길 터드려라."

바로 그때, 내 주머니 속의 휴대폰이 진동하기 시작했다.

놈들에게 안 보이게 슬쩍 꺼내어 액정을 엿보니 발신인은 지훈이었다. 이놈은 꼭 곤란한 순간에만 전화를……. 내가 카르마에 나타나지 않자 또 전화한 모양이었다. 아귀의 눈빛이 다시 의심으로 번뜩였고 떡대가 다시 내 앞을 가로막았다.

미치겠네, 진짜…….

재빨리 전화기를 도로 주머니에 넣고 블루투스 이어폰으로 전화를 받았다.

"어, 자기야."

"자기……? 내가 언제부터 니……."

어리둥절해진 지훈의 말허리를 얼른 끊었다.

"아, 내 말이…… 또 헛수고했지, 뭐."

"뭔 헛소리야?"

"그러게나 말이야. 미치고 팔짝 뛰겠다니까."

"야, 지금 어디서 뭐 하는 건데?"

"나라고 이러고 싶겠어? 상황이 워낙 안 좋으니 미친놈처럼 여기저기 들쑤시고 다니는 거지. 뭐라도 나올까 싶어서……."

그제야 지훈도 뭔가 수상쩍은 낌새를 눈치챈 듯 목소리를 낮췄다.

"옆에…… 누구 있어?"

"지금 난리야. 여기 나 말고도 돈 받으러 온 사장님들 또 계셔."

"너…… 어딘데?"

"자기네 잠깐 들를까?"

애인과 자연스럽게 통화하는 척하며 눈앞의 떡대에게 비키라고 손짓했다. 그러나 떡대는 꿈쩍도 하지 않았다.

"너 혹시…… 우리 집 와 있냐?"

"그래, 오케이!"

"카르마에서 보자더니…… 우리 집엔 왜?"

"자세한 얘긴 가서 하고 5분 내로 갈 테니까 기다려!"

"야, 잠깐……"

길게 끌어봐야 이로울 일이 없어서 태연한 척 전화를 끊었다. 진땀이 나고 후들거리는 손을 얼른 호주머니에 찔러 넣었다. 눈을 치뜨고 지켜보는 놈들 앞에서 연기하기도 보통 어려운 일이 아니었다. 애드리브도 아무나 치는 게 아니구나. 배우들 애드리브 칠 때 시나리오대로 하라고 혼내지 말걸……

"아, 스트레스 만땅이라. 여기저기 다 쑤시는데 간만에 회포 좀 풀어야겠네."

일부러 목을 이리저리 꺾어 뚝뚝 소리를 냈다.

"나와 봐요, 좀 지나가게!"

내가 슬쩍 목소리를 높이자 아귀가 떡대에게 눈짓했다. 떡대가 벽 쪽으로 반 발짝 물러났다.

"가세요."

"네, 수고들 하세요."

떡대를 비껴서 서둘러 계단으로 내려서려던 순간이었다. 아귀가 내 어깨를 붙들었다.

"잠깐만요, 사장님."

가볍게 얹었지만, 은근히 힘이 들어간 손길이었다. 그 찰나에 별의별 생각이 다 스쳤다. 그냥 이 두 놈과 맞짱 떠야 하나? 이놈은 칼까지 있는데……. 내가 아무리 싸움 좀 한다 한들 이놈들을 혼자 상대할 수가 있을까? 턱도 없다. 딱 봐도 대충 그림이 나온다. 이놈들은 절대 만만한 상대가 아니다. 몸담은 세상도, 사고방식도 나와는 완전히 다른 부류다. 정 안 되면 방심하게 해놓고 급소라도 후려치고 달아나는 수밖에…….

"아, 바빠 죽겠는데 진짜 사람 귀찮게 하네."

한숨을 푹 쉬고 휙 돌아보았다.

"또 뭐요? 뭐?"

아귀가 슬쩍 내 눈앞에 뭔가 내밀었다. 명함이었다.

"급전 필요하시면 연락 주세요. 24시간 무담보 무방문 당일 입금 가능합니다."

속으로는 가슴을 쓸어내리면서도 못 이기는 척 명함을 받아 들고는 종종걸음으로 빌라를 빠져나왔다. 내 뒤통수로 꽂히는 따가운 시선을 모른척하며…….

"하아……."

내 차에 올라 차 문을 닫자마자 졸업앨범을 조수석에 팽개치고, 깊은 한숨을 토해냈다. 한 시간도 안 돼서 천국과 지옥을 오간 기분이었다. 아니, 지옥과 지옥을……. 정말이지 지옥 같은 하루다. 기다렸다는 듯 휴대폰이 또 울렸다. 모로스였다.

"도대체 쉴 틈을 안 주네. 쉴 틈을!"

어디에 들어앉아 뭐로 날 감시하는 걸까? 마녀의 수정 구슬?

"여보세요!"

휴대폰을 내팽개치다시피 거치대에 걸고 차를 출발하며 전화를 받자, 놈의 느물느물한 목소리가 신경을 건드렸다.

"안타깝게도 네 번째 게임 미션에는 실패하셨습니다."

"뭐? 무슨 소리야? 당연히 완수지!"

그 죽을 고생을 했는데 실패라니……? 맥이 탁 풀리면서 울화가 치밀었다.

"엄밀히 따져야죠. 완수가 아니라 실패입니다."

"왜?"

"건망증이 심하시다더니 정말 그런가 보네요. '감독님의 잠입 사실을 누구에게도 들켜서는 안 됩니다'라는 조건, 잊으셨습니까?"

"그놈들은 내가 감독인 줄도 몰라! 그럼 된 거 아닌가?"

"그 두 남자가 감독님을 몰라봤으니 잠입 사실을 들킨 건 아니다?"

"그래, 그거!"

"점점 뻔뻔해지시는군요. 뭐 하나만 여쭤보죠."

"뭐?"

"빌라 외벽에 매달려 목숨이 위태로울 때 기분이 어떠셨습니까?"

12. 스포일러

"너 같으면 어땠겠어?"

말 같지도 않은 놈의 질문에 어처구니가 없어 되물었다.

"글쎄요, 저는 절대 그럴 일이 없으니 여쭤본 건데요."

"절대 없을 거 같지? 장담하지 마. 장담할수록 그대로 안 되는 게 인생이니까. 살면서 호언장담이 통하는 유일한 경우가 뭔 줄 알아? 너나 내가 언젠가는 반드시 죽는단 거."

그리고 스포 하나 하자면, 넌 내 손에 죽게 된단 거.

"에이, 감독님 제가 언젠가 죽는단 걸 스포하시면 어떡해요? 사는 재미 떨어지게……. 여쭤본 김에 하나 더, 제가 뛰어내리라고 말씀드렸을 때 기분은 또 어떠셨나요?"

끈질기게 물고 늘어지는 놈에게 발끈해서 외쳤다.

"좆같았다! 외벽에 매달렸을 때도, 뛰어내리라고 했을 때도 다 좆같았어."

"절 죽이고 싶단 생각은 안 하셨나요?"

귀신이다, 이놈. 독심술이라도 할 줄 아나?

"이건 게임과는 무관한 질문이니 솔직히 대답하셔도 됩니다."

"그래, 했다. 널 죽이고 싶었다! 됐어?"

"아뇨, 안 됐습니다. 아직 멀었어요."

"뭐가?"

"때요."

"때?"

"네."

"무슨 때?"

한동안 놈은 말이 없었다.

"묻잖아."

"금수가 인간이 되는 때."

"뭐?"

"잘 아시잖아요."

내가 모를 리 없었다. 내 영화 「에리니스」에 나온 대사니까……. 가슴이 덜컥 내려앉았다. '금수가 인간이 되는 때'. 영화에서 주인공은 그 대사 뒤에 덧붙인다. '그때는 오지 않아, 영영.' 그리고 끝판왕 빌런에게 방아쇠를 당긴다.

"그 말은, 내가 금수 같은 놈이고 인간 될 날은 영영 오지 않는다…… 그 말이야?"

아니면 이 모든 일이 끝나면 나를 죽이겠다……?

"그 영화 시사회에서 누가 그 장면의 의미를 물었을 때 말씀하셨잖아요. '해석은 관객 몫이다. 감독은 단서를 제시할 뿐이고.' 저는 단서를 제시했으니 해석은 감독님 좋으실 대로 하시죠."

더는 알려 주지 않겠다는 소리였다. 내가 대꾸하지 않자, 놈이 화제를 바꾸었다.

"자, 그건 그거고 네 번째 밸런스 게임, 리테이크로 가겠습니다. 1번, 박지훈 씨를 고문해 결정적 단서 알아내기. 2번, 박지훈 씨를 죽이고 결정적 단서를 저한테 직접 듣기."

순간, 귀를 의심했다.

"지훈이를 죽이라고? 미친 거 아냐?"

"미친 거 아닙니다."

"그런데 어떻게 나더러 친구를 죽이라 그래?"

"어디까지나 선택지입니다. 그게 싫으시면 1번 선택하시면 됩니다."

"1번도 심하잖아. 고문을 하라니……? 친구한테 어떻게 고문을 하란 말이야?"

"감독님께 박지훈 씨가 정말 친구 맞습니까?"

"무슨 말이야? 친구가 아니면……!"

"친구인데 며칠 전에 돈 빌려달랄 땐 왜 거절하셨습니까?"
"그야 돈 잃고 친구 잃을까 봐 그런 거지."
"다른 뜻은 없었습니까?"
"다른 뜻이라니……. 도대체 나한테 뭘 묻고 싶은 거야?"
"감독님의 진심이요. 진심으로 박지훈 씨를 친구라 생각하십니까?"
"아, 그렇다니까?"
"좋습니다. 그럼 결정하세요. 1번과 2번 둘 중에……. 10초 드리겠습니다."

미치고 환장할 노릇이었다. 지훈을 정말 친구라 생각한다고 대답하면 조금이나마 너그럽게 봐줄 줄 알았다. 하다못해 약간의 융통성이라도 베풀 줄 알았더니…….

"1번."
"탁월하신 선택입니다. 감독님도 그분께 이래저래 궁금한 게 많으실 테니까요."

맞는 말이었다.

"그럼 어서 가시죠."

카르마로 차를 모는 동안에도 머릿속은 복잡했다. 도대체 이놈과 박지훈은 무슨 관계일까? 지훈이 정말 결정적 단서를 알긴 할까? 이놈이 정말 원하는 게 뭘까? 졸업앨범은 대체 왜 거기에 있었을까? 꼬리에 꼬리를 무는 의문을 곱씹다

보니 차는 이내 카르마에 다다랐다. 카페가 있는 건물 뒤편의 주차장에 차를 대는데 놈의 목소리가 침묵을 깨뜨렸다.

"박지훈 씨 만나면 뭘 묻고 싶으신가요?"

"그것까지 말해야 하나?"

"안 내키시면 대답 안 하셔도 됩니다. 좀 있으면 어차피 다 듣게 될 테니까요."

"그럼 그때 들어, 스포 같은 거…… 극혐이니까."

직업병이라면 직업병이었다. 먼저 영화를 보고 나서 SNS나 커뮤니티에 스포일러를 퍼뜨리는 관객들, 관객인 척하는 악플러들이나 경쟁 영화사 알바들, 기자인 척하는 기레기들…… 그런 빌런들과 피 터지게 싸우며 십여 년 동안 영화감독 이력을 쌓아왔다. 어쩌면 이놈은 그런 빌런 중 한 놈일지도 모른다.

"네, 감독님 마음이야 충분히 이해합니다."

내 마음을 이해한다면 애초에 내 딸을 납치하지 말았어야지!

"이해한다면서 이런 짓을 하나?"

"제가 감독님께 밸런스 게임을 제안한 이유가 바로 그거거든요. 스포 같은 거 극혐해서!"

"무슨 소리야."

"이 게임은 밸런스 게임이면서 일종의 스무고개이기도 하죠. 스포하기 싫으니 하나하나 알아가시라는 말입니다."

개소리.

"됐고, 민서는…… 잘 있나?"

"민서 걱정은 안 하셔도 됩니다."

"목소리 들려줘. 민서 목소리."

상상조차 하기 두렵고 끔찍한 일이지만, 민서 또래의 아이는 성인보다 손이 많이 가기에 납치 초기에 범인이 아이를 해치는 경우가 많았다. 이렇게 억지를 써서라도 민서의 안위를 확인해야만 했다.

"민서가 지금도 무사한지 알아야 나도 니 요구를 들어줄 명분이 있지."

밸런스 게임인지 스무고갠지 그 미친 짓을 계속할 명분.

"잠깐만요, 감독님? 뭔가 단단히 착각하신 거 같은데 지금 갑질하실 때가 아니지 않나요?"

놈의 목소리가 차가워졌다.

"이게 갑질이야? 아빠가 딸 목소리 듣고 싶다는 게? 내가 뭐 때문에 이 수모를 감수하는데!"

"그런 수모, 감독님만 겪는다고 생각하세요?"

"아니면? 아니면 말해 봐, 넌 도대체 무슨 수모를 겪어서 나한테 이런 짓을 하는데?"

"말해도 모르실걸요? 감독님은 상상도 못 할 어나더 레벨

이니까."

"모르고 알고는 내 몫이니까 말해보라고, 그 레벨의 수모가 도대체 뭔데?"

"늦었는데 박지훈 씨한테나 가 보시죠, 지금 바짝 몸달아서 안절부절못하니까."

"너 지금 정체가 탄로 날까 봐 몸 사리는 거지?"

"감독님처럼 스포를 극혐해서라니까요?"

"그래, 알겠으니까 민서 목소리나 들려줘. 안 들려주면 여기서 단 한 발짝도 안 움직일 거니까."

나도 더는 물러서지 않을 작정이었다. 내가 아침부터 왜 이 죽을 고생을 하는데……

"들려드리죠."

진작 그럴 것이지.

한동안 전화기 너머에서 부스럭거리는 소리가 나더니 반가운 목소리가 전화를 받았다.

"아빠?"

"어, 민서야!"

"아빠, 언제 와?"

울음기 어린 목소리에 눈물을 왈칵 치밀어서 눈앞이 흐려졌다.

"금방 갈 거야. 아빠가 꼭 구해줄 테니까 조금만 참아, 알

왔지?"

"응, 근데…… 나 지금 너무 무서워."

"그래, 무서울 거야. 근데 민서야, 아빠가 최대한 빨리……."

말을 채 끝맺기도 전에 놈이 전화를 낚아챘다.

"자, 여기까집니다. 그렇게 듣고 싶어 하셨던 목소리 확인하셨으니 이제 다시 움직이시죠. 최대한 빨리, 오케이?"

개새끼!

울화가 치밀었지만, 민서의 목숨이 놈의 손에 달린 한, 놈이 시키는 대로 해야만 했다. 전화를 끊고 차에서 내리려는데 좌석 뒤쪽에서 뭔가 손에 잡혔다. 아까 손가락 자르는 데에 쓰려던 니퍼였다.

"왜 이렇게 늦었어?"

1층 카페에 들어서며 둘러보니 구석자리의 지훈이 누군가와 통화하다 전화를 끊고 나를 맞았다. 자리에서 벌떡 일어나 나를 부르는 목소리는 밝았지만, 얼굴에는 초조한 기색이 뚜렷했다.

"야, 너 기다리다가 목 빠질 뻔했다. 우리 집은 또 왜 갔고?"

"아…… 미안. 여기서 보잔 걸 깜빡하고 너네 집으로

갔네."

"엥? 야, 그 정도면 조기 치매 아니냐?"

맞는 말이었다. 말도 안 되는 핑계. 하지만 뻔뻔하게 밀고 나갈 수밖에……. 지훈의 맞은편에 앉으며 테이블 위에 졸업앨범을 툭 하고 올려놓았다. 앨범을 본 지훈의 눈빛이 흔들렸다. 뭔가 찔리는 구석이 있는 눈치였다.

"뭐야?"

"내가 물어볼 말이야. 뭐냐, 이거?"

"야, 너…… 우리 집까지 들어갔냐?"

들어가기만 했겠냐. 발코니 턱에 매달려 죽을 고비도 넘겼지. 빌라에서 겪은 일을 있는 그대로 말할 수는 없어서 살짝 각색하기로 했다. 영화감독은 주업, 각색은 부업이니까.

"문이 열려 있던데?"

"뭔 소리야, 문 잠그고 나왔는데 무슨……."

"나보다 먼저 그놈들이 들어와서 문 활짝 열어놨던데?"

"그놈들이라니……?"

아귀의 명함을 테이블 위에 툭 던졌다. 영광대출. 명함을 본 지훈의 얼굴이 굳어졌다.

"아, 그 새끼들!"

팔짱을 끼고 지훈을 빤히 바라보며 본론을 말했다.

"자, 이제 니가 대답할 차례야."

13. 플래시백

"졸업앨범이 왜 이 지경이 돼 있는지, 앨범 속 내 얼굴은 또 왜 미친 듯이 난도질 돼 있는지 말해봐."

내 나름대로 정곡을 찔렀다고 생각했는데, 지훈은 천연덕스러운 얼굴로 되물었다.

"야, 돈 빌려준다며? 그래서 나 만나잔 거 아니었어?"

"맞아, 돈 빌려주려고 만나잔 거. 단, 니가 감추는 거 없이 털어놓는단 조건에."

"그런 조건 미리 말 안 했잖아?"

"지금 하잖아."

"그리고 우리 사이에 감추긴 뭘 감추냐?"

"그래, 과현 3인조끼리 감출 게 없어야지. 나도 널 믿어. 믿으니까 빚쟁이들이 집까지 들이닥쳐서 난리 치는 상황에 받을 기약도 없는 돈, 너한테 빌려주겠다고 여기까지 나온 거 아니겠어?"

"그야 당연히 그렇지. 근데 필규야, 아무리 우리 과현고 졸업앨범이라지만 엄연히 내 물건인데 이걸 굳이 우리 집에서 맘대로 들고나와서 따지는 건 선 세게 넘는 거 아니냐, 씨발."

"그래서? 내가 못 할 짓이라도 했다 이거야?"

지훈과 나 사이의 공기가 싸늘하게 얼어붙었다. 이럴 때일수록 더 세게 몰아붙여야 한다. 나는 인상을 팍 구기며 삐딱하게 앉아 시비조로 되물었다.

"어떻게, 내가 무릎 꿇고 싹싹 빌기라도 할까?"

결국 인간도 동물이다. 자기보다 강한 놈에게는 한없이 약해지게 마련이다. 내 살벌한 기세에 찔끔한 지훈이 '강약약강'의 진리에 따라 슬그머니 꼬리를 내렸다.

"그게 아니라…… 좀 심하단 거지."

"뭐가 심한데? 돈 빌려주러 온 친구가 졸업앨범 좀 본 게?"

지훈은 여전히 못마땅한 기색이었지만, 더는 받아치지 않았다.

"다른 뜻이 있어서가 아니라 그냥 좀 궁금해서 물어본 거야. 현관문은 열려 있었고 앨범은 걸레짝이 돼서 뒹굴고 있길래……"

자, 이제 밀어낼 타이밍이다.

"정 뭣하면 관두자. 나도 차기작 준비하느라 바쁜 사람이고 굳이 싫단 너한테 사정해서 돈 빌려줄 이유도 없잖아. 진짜 아쉬운 사람은 내가 아니라 넌데……."

내가 자리에서 벌떡 일어서자, 지훈이 나를 다급히 붙들었다.

"자, 잠깐만! 야, 정필규, 앉아 봐, 일단!"

인상을 팍 구기며 지훈의 손을 뿌리쳤다.

"됐다고! 안 그래도 이래저래 신경 쓸 일 많아서 머리 빠개지겠고만."

"알지, 잘 알지! 너 한창 바쁠 땐 거 모르면 간첩 아니냐? 아, 얼른 앉아! 내가 미안하다. 생각이 좆나 짧았네."

사색이 된 지훈의 만류에 내가 못 이기는 척 자리에 앉자 지훈이 내 눈치를 살폈다.

"넌 예나 지금이나 왜 이리 급하냐?"

"급한 건 너고 새끼야! 그 두 놈이 그러더라. 당장 돈 안 갚으면 장기라도 빼간다고. 내가 너라면 안 산다. 혀 깨물고 죽지."

"성질도 여전하네. 누가 과현고 짱 정필규 아니랄까 봐."

"짱은 얼어죽을……."

"야, 그땐 진짜 세상에 무서울 게 하나도 없었잖냐?"

"기억도 안 나, 20년 된 옛날 얘기."

"그래? 난 어제 일같이 생생한데……. 학주 그 프리저 새끼는 살아 있나. 바리깡 들고 다니면서 머리 긴 애들 정수리에 고속도로 내놓고……. 너 그놈한테 찍혀서 머리 밀리고 빡쳐서 학교 벽에 빨간 락카로 '프리저 개새끼 뒤통수 조심해라' 써놔서 발칵 뒤집혔잖냐. 학주가 각목 들고 범인 잡겠다고 교실 뒤집고 다니고……."

"그런 일도 있었나? 넌 별걸 다 기억한다."

"그땐 그게 별거였으니까. 넌 기억 안 나?"

한가하게 옛날 기억이나 떠올릴 때가 아니었다.

"전혀."

"진짜?"

"아, 그렇다고!"

"너랑 나, 우철이 셋이서 애들 패고 다닌 것도?"

"내가 언제?"

"당연히 고딩 때지."

"까맣게 지웠어."

"그걸 왜 지워?"

"그걸 왜 내가 일일이 기억해야 되는데?"

"다 한때 추억이잖냐."

"너한텐 이불킥하는 흑역사도 추억이냐?"

"흑역사도 나름대로 의미 있는 거 아냐?"

"케케묵은 과거에 찌질하게 목매고 사니 인생이 거기서 1도 발전 없는 거야. 사람이 앞만 보고 달려도 뒤처지는 판에……. 너 요즘 영화에 플래시백이 왜 잘 안 나오는 줄 알아?"

"왜?"

"플롯이 기승전결에 맞춰 딱딱 앞으로 나아가야 되는데 플래시백 있으면 플롯이 뒤로 가거든. 그래서 영화가 늘어져 노잼이 된다, 이 말이지. 인생도 영화랑 똑같아. 앞길에 도움이 안 된다? 그럼 과감하고 냉정하게 잘라내는 거야. 기억이든 인간관계든……."

지훈이 쓴웃음을 지었다.

"그게 맘대로 돼?"

"그게 왜 안 돼? 사람 기억도 컴퓨터 메모리랑 같아. 눈앞에 걸리적거리면 수시로 포맷해야 쌩쌩 돌아가는 거야."

"지우고 싶어도 맘대로 안 되던데? 흔한 클리셰긴 한데…… 난 어릴 때 걸핏하면 술 처먹고 새벽에 기어들어와서 나랑 내 동생 무릎 꿇려 놓고 개소리 지껄이다 조금만 꼼지락거려도 각목으로 허벅지를 두들겨 패던 아비 기억이 수시로 나서 죽겠거든."

"마인드 컨트롤이야. 꾸준히 훈련해야 가능하지만 딱히

불가능한 것만도 아니야. 급한 불 끄고 나면 그때 알려줄게."

그때가 과연 올는지는 모르겠지만…… 제발 오기를 바라며 지훈을 다시금 빤히 바라보았다.

"자, 이제 말해봐, 앨범의 진실."

"돈은? 갖고 온 거 맞지?"

갖고 왔겠냐? 이천을 현금으로 전해주겠다는 임기응변으로 지훈을 여기까지 불러내긴 했지만 여기까지 오는 동안 ATM에서 돈 찾아올 시간은 없었다. 굳이 찾을 생각도 없었고……. 애초에 돈 빌려줄 마음도 없었으니까.

"걱정하지 마, 잘 챙겨왔으니까."

포커페이스를 유지하며 싱긋 웃어 보였다. 그러나 지훈은 순순히 물러설 기세가 아니었다.

"보여줘."

"뭐?"

"돈부터 보여달라고."

"안 보여주면?"

"말 못하지. 원래 판돈을 깔아놔야 패를 까는 거 아니겠어?"

그냥 솔직하게 털어놓을까? 민서가 납치됐고 납치범이 요구하는 밸런스 게임이란 미친 짓을 하고 있다고? 지금 하는 짓도 실은 놈이 제시한 네 번째 밸런스 게임의 일부라고? 어림도 없었다. 지훈이 그 사실을 믿을 리 없는 데다 내 일거수일투족을 감시 중인 놈에게 꼬투리 잡혀서 또 무슨 수모를 당할지 모르며, 민서에게도 무슨 불이익이 갈지 모른다.

"여기."

들고 온 종이 쇼핑백을 지훈에게 들어 보였다.

"잘 들고 있으니까 걱정하지 마."

사실 이 안에 든 물건은 내 차에서 챙겨온 청테이프와 니퍼, 그 외 닥치는 대로 욱여넣은 잡쓰레기가 전부였다.

"거기 들었다면 내가 뭐 투시라도 할까? 그냥 보여줘."

나는 일부러 주위를 둘러보았다.

"여기선 곤란해, 보는 눈이 많아서……."

"하, 우릴 누가 신경 쓴다고."

"넌 몰라도 난 아니야."

지훈도 주위를 둘러보았다. 점심시간쯤이라 카페에 손님이 많긴 했다. 게다가 내가 카페에 들어설 때부터 옆 테이블의 여자가 나를 흘끔대는 중이었다.

여자와 눈이 마주친 순간, 여자가 나를 아는 사람인지도 모른다는 직감이 들었다. 그래서 슬쩍 눈인사를 건넸다. 그러자 여자가 머뭇머뭇 자리에서 일어나더니 내게로 다가왔다.

"저 혹시…… 정필규 감독님 아니세요?"

평소라면 성가셨을 팬의 알은척도 이 순간에는 구원의 손길 같았다. 살갑게 인사하며 자리에서 일어섰다.

"아, 네, 맞습니다. 안녕하세요?"

"아, 맞으시구나! 안녕하세요, 감독님. 긴가민가했는데……. 감독님 영화 「에리니스」 너무너무 재밌게 잘 봤어요."

"아, 여러모로 부족한 작품인데 좋게 봐주셔서 고맙습니다."

"아네요, 저한텐 인생작이었어요. 영종상 수상도 축하드려요."

"덕분입니다. 더 좋은 작품 잘 찍어 보답하겠습니다."

"감독님 혹시 사진 한 장만 찍어도 될까요?"

"네, 물론이죠."

여자가 지훈에게 스마트폰을 내밀었다.

"저기, 죄송한데 사진 좀……."

"아, 네."

지훈이 전화기를 건네받자 여자가 내 옆에 붙어 손하트를 만들어 보였다. 나도 따라 했다.

"하나, 둘, 셋!"

지훈에게 전화기를 돌려받은 여자가 뛸 듯 기뻐하며 연신 고개를 꾸벅였다.

"감사합니다, 감독님. 두고두고 간직할게요."
"제가 더 감사하죠."
"너무 젠틀하세요. 늘 응원할게요!"

여자가 테이블로 돌아가자, 보란 듯이 지훈을 바라봤다. 지훈이 떨떠름한 표정으로 자리에서 일어섰다.

"슬슬 일어나자."
"어디 가게?"
"여기선 곤란하다며?"

지훈은 거침없이 카페를 나가 엘리베이터 쪽으로 향했다. 앨범을 챙겨 따라나서면서도 어쩐지 찝찝했다. 엘리베이터에 오르자 지훈이 맨 위층인 6층을 눌렀다.

"옥상 가는 거야?"
"옥상 바로 아래층."

엘리베이터가 올라가기 시작하자, 카톡 알림음이 울렸다. 놈이었다.

모로스	조심하세요

14. 클리셰

> 조심하라니 뭘?

지훈의 눈치를 보며 전화기 화면이 그에게 안 보이게 몸을 틀어 자연스레 답장을 보냈다.

모로스	박지훈 씨요
	지훈이는 왜?
	말을 해봐
모로스	제가 말 안 해도
	아시게 될 겁니다
	곧

곧 알게 된다고?

딩동댕.

엘리베이터 문이 열리자 을씨년스러운 실내 풍경이 우리를 맞았다. 리모델링 공사를 하다 만 듯 단열재나 패널, 각목, 비닐 따위의 건축 자재가 나뒹굴었다. 유리창도 몇 개 달다 말아서 뻥 뚫린 창으로 들이친 후끈한 바람이 실내를 휘돌아다녔다.

"한창 쪼들릴 때 여기서 잠깐 일했거든. 근데 공사 업체가 부도가 났다나 뭐라나, 임금도 안 주고 업자들 싹 다 잠수 타더니 몇 달째 이 모양 이 꼴이야. 근데 왠지 친숙하지 않냐, 이 풍경?"

지훈이 바닥에 뒹구는 각목을 걷어차고는 주머니에서 담배를 꺼내어 피워 물었다.

"왜, 우리 고딩 때 학교 뒤쪽 공사판이 딱 이랬잖냐. 거기서 너랑 우철이랑 술 담배 하고 애들 패고 삥 뜯고……. 그땐 왜 그랬나 몰라."

"어렸으니까."

"하긴 그래, 어렸지. 그래도 좀 심했다 싶긴 해. 우리가 때린 애들한테 미안하기도 하고……."

"기억도 안 나. 누굴 때렸는지, 때리긴 했는지……."

"그러냐? 아, 맞다, 지우개 프로젝트. 좋겠네, 속 편해서."

나와 등지고 창 너머를 보며 담배를 피우던 지훈이 허리를 숙여 바닥에서 뭔가 집어 들었다.

"니가 어쩌면 그렇게 속 편하게 살 수 있을까 생각해봤는데 말이야, 그건…… 니가 안 맞아봐서 그래. 이러다 죽겠다 싶도록 처맞아보면 아무리 싫어도 그 고통이 평생 가거든. 지우개 프로젝트? 까라 그래."

지훈의 목소리에 싸늘한 비웃음이 어렸다.

"야, 너한테 명함 준 놈 있지? 그놈 별명이 '백정'이야. 사람을 아픈 부위만 골라서 아주 기막히게 잘 패거든. 어디 부러지지도 않고 맞은 티도 안 나고 죽지도 않는데, 이대로 계속 맞다가 딱 죽겠다 싶을 만큼 고통스럽게……."

"아까부터 계속 뭔 헛소리냐."

"헛소리한 건 너잖아, 새꺄. 솔직히 말해봐, 너 돈 안 갖고 왔지? 그 쇼핑백에 든 거 돈 아니지?"

나를 등지고 선 지훈은 돌아보지도 않고 허를 찔렀다. 그제야 지훈이 왜 이리로 나를 데려왔는지 알아차렸다.

유인!

내가 재빨리 쇼핑백을 뒤지던 순간 지훈이 홱 돌아서며 손에 든 각목을 내 턱에 휘둘렀다.

눈앞에 플래시가 번쩍, 터졌다. 각목이 강타한 충격에 턱이 홱 돌아갔다. 모로스가 카톡까지 보내서 지훈을 조심하라고 경고한 이유도 그제야 깨달았다. 이것도 클리셰였다. 경고 듣고도 방심하다가 뒤통수 맞기 클리셰. 지훈이 나를 공격할 줄은 예상 못 했다. 나는 그대로 바닥에 나동그라졌다. 몸을 채 추스르기도 전에 후속타가 퍽퍽 날아들었다.

끝내 각목이 박살 날 정도였다.

"뭐야, 이거. 왜 이렇게 약해. 중국산인가?"

지훈이 부러진 각목을 아무렇게나 내던졌다. 그러고는 내 옆에 쪼그리고 앉더니 쇼핑백을 내게서 빼앗았다.

"이렇게까지 하고 싶진 않았는데 직접 좀 보자."

쇼핑백 안을 들여다보던 지훈이 쇼핑백을 뒤집어 탈탈 털었다. 손에 잡히는 대로 쑤셔 넣은 잡동사니가 우수수 쏟아졌다. 걸레 조각, 쓰레기, 비닐봉지, 청테이프……

"그럼 그렇지. 혹시나 하면 역시나고만. 야, 정필규! 이천 빌려준다며? 이천은 다 어디 가고 쓰레기만 잔뜩 나오냐? 쓰레기 같은 새끼. 넌 영화감독이 돼도 제 버릇 개 못 주는구나. 필규야, 좀 어때? 맞을 만해? 패기만 하다 맞아보니 기분 좆같지?"

뭐라 말하려 했는데 신음밖에 안 나왔다. 반사적으로 몸을 웅크리긴 했지만 턱과 어깨, 등과 팔뚝이 떨어져 나갈 듯했다. 살짝만 움직여도 온몸의 신경세포들이 고통에 찬 비명을 질러댔다.

"필규야, 과현고 짱 정필규 씨! 그게 바로 고통이야. 처맞는 고통. 옛말에도 있잖냐, 매에는 장사 없다고……. 이제 그 맛을 좀 알겠지? 근데 그건 맛뵈기야. 마트 시식 코너에서 나눠주는 맛뵈기. 난 그걸 매일같이 겪고 살았거든. 너 진짜 좆같은 게 뭔지 모르지?"

알아, 충분히. 오늘 실시간으로 겪고 있으니까.

"지금 내가 겪는 고통이 이걸로 끝나는 게 절대 아니란 거야. 또 오고, 또 오고, 또또 오고 계속 와. 밥 먹고 이 닦고 똥 싸고…… 눈뜨면 늘 똑같이 돌아가는 일상처럼 허구한 날 계속. 어제도 고통스러웠는데 오늘도 고통스럽고 내일도 틀림없이 고통스러울 거란 시시포스의 절망 알아?"

"내…… 내가 뭘 어쨌다고…… 나한테…… 왜 이래?"

내가 간신히 쥐어짜 내어 묻자 지훈이 너털웃음을 터뜨렸다.

"니가 진짜 뭘 모르는구나. 솔직히 내 인생이 이 모양 이 꼴이 된 데엔 니 지분도 꽤 있어."

"무슨 지분……?"

"몰라서 묻는 거냐, 아님 통빡 굴려서 모르는 척하는 거냐?"

"진짜 몰라서……."

"지금 보니 너도 참 뇌가 해맑구나. 그래, 뭐, 그러니 여태

양심의 가책 없이 잘 처먹고 잘 살았겠지. 어딜 가나 사람들이, 감독님, 감독님, 우쭈쭈해주니 좋았겠지. 학교 다닐 땐 개기는 애들 패고 밟고 과현고 왕 노릇 하면서 마냥 신났을 테고……. 근데 필규야, 내가 분명히 조언했잖냐."

"언제, 뭐라고……?"

"또 지우개 신공이냐. 떡상하는 덴 수십 년, 나락 가는 건 한순간! 어제까진 떡상했으니 오늘은 나락 가야지. 오케이?"

"도대체 왜……?"

"궁금한 거 참 많네. 왜는 왜야, 니가 좆같이 살았으니 좆같은 대가가 따라오는 거지. 콩콩팥팥 몰라?"

모로스도 그랬다. 과거의 인이 있으니 지금의 과가 있다고…….

"너한테 내가 뭘…… 얼마나 잘못했다고……."

"그래, 너야 지우개 신공으로 냠냠 까먹으면 땡이겠지. 누굴 팼는지, 뭘 잘못했는지, 그게 평생 얼마나 좆같은 PTSD로 남는지 하나도 모를 테니까."

"난 너한테 잘해준 기억밖에 없는데……."

"잘해줘? 니가 나한테? 진짜 그랬다고 기억해? 진심으로 리얼리? 와 나……. 기가 막혀서 말이 안 나오네? 이 미친 새끼, 진심 같아서 더 좆같네, 씨발."

헛웃음을 터뜨리던 지훈이 인상을 팍 구기더니, 내 얼굴에 가래침을 뱉었다.

"기억 왜곡도 정도껏 해라, 개쓰레기 같은 새끼야. 나랑 우철이를 사냥개 취급하면서 조금만 거슬려도 애들 다 보는 데서 싸대기 때리고 얼굴에 침 뱉고 가랑이 사이로 개처럼 기어 다니게 한 거 진짜 기억 안 나냐?"

"내가……? 내가 그랬다고?"

진심으로 기억나지 않았다.

"그럼 과현고 개쓰레기 정필규가 너 말고 또 있으면 인류의 비극 아니겠냐. 야, 너 말야, 니 머릿속의 지우개로 싹 다 지웠다니까 말해주는 건데 나만 너한테 감정 있는 거 아냐. 너 여태 어디 가서 칼 맞아 뒈지지 않은 걸 천만다행으로 알아. 저 졸업앨범? 내 거 아니야."

"니 게 아니면?"

"우철이 거."

"우철이?"

"그래."

"니가 걸핏하면 '개우철' '개우철' 놀리던 기우철! 아마 악감정은 나보다 걔가 더 많을걸?"

"우철이 졸업앨범이 왜 너네 집에 있는데?"

"내가 그걸 왜 알려줘야 하는데?"

"안 알려주면 아플 테니까."

"뭐?"

"알려줄 때까지 고통스럽게 해줄 거니까."

그 말과 동시에 아까 쇼핑백에서 따로 빼두었던 니퍼를 손에 움켜쥐고 지훈의 발등에 있는 힘껏 내리꽂았다.

지훈이 새된 비명을 지르며 발을 빼려 했다. 지훈의 발목을 붙들고 미친 듯이 찍었다.

한 번, 두 번, 세 번!

바닥에 벌렁 나동그라진 지훈이 발등을 움켜쥐고 비명을 질러댔다.

내 속에서 뭔가 되살아났다. 전에는 늘 함께했지만, 오랫동안 잊고 지냈던 무언가. 광기 아니면 악의. 어쩌면 살의······.

"좆만 한 새끼가 겁대가릴 상실했네. 대갈통을 빠셔 벌라······."

넋 나간 듯 중얼중얼하며 비틀비틀 자리에서 일어나 지훈의 턱을 발로 걷어찼다.

픽! 한 번 더. 픽! 지훈이 그대로 쭉 뻗어버렸다.

그 광경을 내려다보는 동안 핏속에서 아드레날린이 짜릿하게 솟구쳤다.

"흔한 클리셰긴 한데······ '말 많은 악당' 알지? 영화 「석양의 무법자」에 이런 대사 나오잖아. '쏴야 할 때는 쏴, 말하지 말고!' 때릴 때는 때리기만 해, 말하지 말고!"

15. 리허설

"나잇살 처먹고 할 줄 아는 게 옛날 타령밖에 없지? 그러니 니 인생이 발전이 없는 거야. 기억? 시시포스의 절망? PTSD? 그딴 게 지금 너한테 뭘 해주는데?"

쇼핑백에서 나온 청테이프로 지훈의 입을 틀어막고 손목과 발목에도 청테이프를 동여맸다. 그러고는 니퍼를 손에 들고 지훈의 몸 위에 올라앉아 뺨을 툭툭 두들겼다.

"야, 야! 눈떠 봐. 안 죽은 거 아니까. 눈떠보라고!"

뺨을 몇 번 더 두들긴 뒤에야 지훈이 부스스 눈을 떴다.

"정신 들어? 그러게 왜 그랬어?"

지훈이 읍읍 신음하며 갑갑한 듯 몸을 꿈지럭거렸다.

"단단히 붙여놔서 웬만해선 못 움직여."

자기 몸을 내려다본 지훈이 체념한 듯 긴 한숨을 코로 토해냈다.

"좋아, 상황 파악 끝났지? 지금부터 내가 꼭 알아야 할 걸 너한테 물어볼 거야. 1도 거짓 없이 고개만 움직여서 답해. 맞으면 *끄덕끄덕*, 아니면 도리도리. 오케이?"

지훈이 고개를 끄덕였다.

"저 졸업앨범 말이야. 니 게 아니라 우철이 게 확실해?"

끄덕끄덕.

"우철이 앨범이 왜 너네 집에 있는데? 우철이가 두고 갔어?"

끄덕끄덕.

"언제? 한 달 전?"

도리도리.

"그보다 이후야?"

끄덕끄덕.

"일주일 전?"

도리도리.

"그럼 설마…… 어제……?"

끄덕끄덕.

어제 우철이 내 얼굴을 난도질한 졸업앨범을 지훈의 집에 두고 갔다. 무슨 예고장이라도 남기듯……. 이제야 퍼즐 조각 하나가 맞춰진 듯했다.

"자, 이제 청테이프 떼줄게. 소리 지르면 아가리 뭉개버린다?"

끄덕끄덕. 지훈의 입에서 테이프를 떼어내고 입에 물린 재갈을 빼주었다.

"말해봐, 우철이는 어제 너한테 왜 찾아왔는데?"

"그냥 생각나서 왔대. 예전 생각도 나고 술 생각도 났다고……."

"어제 언제?"

"자정 다 돼서……."

"앨범은 왜 들고 왔대?"

"그냥 같이 보자고."

그럴 리 없었다. 뭔가 다른 의도가 있었겠지.

"그때도 상태가 저랬어?"

"술 취하니까 주방에서 부엌칼을 들고 오더니 앨범 표지를 북북 긋더라. 볼 때마다 소름 끼친다고……."

"소름이 왜……?"

"너랑 함께한 그때 생각만 해도 기분이 너무 좆같대."

"그래서 내 얼굴도 저래 놨어?"

"얼굴만 봐도 이가 갈리는 니가 영화감독으로 성공해서 여기저기에 다 나오고, 잘 먹고 잘사니 빡치지 않겠냐."

그 정도라고……? 지훈이라면 몰라도 우철은 평소 내게 그 어떤 악감정도 드러낸 적이 없었다.

"단톡방에선 니가 나한테 뭐라 할 때 급발진하지 말라고 우철이가 말렸지 않았나?"

"그게 진심이었겠냐? 야, 고딩 때 너 우리 데리고 학교 휘젓고 다니면서 일진 왕 놀이 할 때 맨날 들먹인 거 기억나?"

"내가? 뭐라고?"

"우린 의형제나 다름없는 친구라고……. 넌 그 말, 진심으로 한 소리였냐? 너야말로 1도 거짓 없이 한번 대답해 봐."

말문이 턱 막혔다. 솔직히 그런 적이 있었는지도 까맣게 잊고 살았다. 그때 난 무슨 마음이었을까. 지훈과 우철을 의형제나 다름없는 친구라 생각하기는 했던가. 솔직히 기억나지 않았다.

"그때는 진심이었어."

"하, 진짜로? 가슴에 손을 얹고?"

"그렇다니까!"

"까고 있네. 너한테 우린 친구가 아니라 사냥개였잖아. 언제든 대신 토끼 물어오게 하고 쓸데없어지면 삶아 먹을……. 그래도 우리가 왜 너한테 빌붙어서 절친인 척했는 줄 알아?"

"왜……?"

"니 편이 돼야 니가 우리를 안 건드리니까."

딩동댕. 등 뒤에서 엘리베이터 도착 알림음이 울렸다. 돌아본 순간, 엘리베이터 문이 열리며 눈에 익은 두 사람이 성큼성큼 걸어 나왔다.

"아이고, 세상에……. 이 무슨 난장판인지 모르겠네. 사장님들, 여기서 뭐 하세요?"

아귀와 떡대였다.

아귀의 물음에 임기응변으로 받아칠 수밖에 없는 상황이었다.

"왜요, 내가 내 돈 받겠다는데 뭐 잘못됐어요?"

아귀는 특유의 가식적인 미소를 헤실거리며 내게로 뚜벅뚜벅 다가왔다.

"아하, 그러시구나. 저희는 혹시 몰라서 한번 따라와 봤죠. 어디 다치기라도 하실까 봐 걱정돼서……."

이놈들, 지훈의 빌라에서부터 나를 쭉 미행해왔다. 애초에 순순히 보내줄 때부터 경계했어야 했다.

"아, 그랬더니만 역시나 이 난리가 나 있네요? 폭력은 폭력을 낳는 법, 대화로 해결하세요. 우린 문명인이잖아요."

그걸 아는 놈이……

"남의 일에 상관 마시고 가던 길 가세요."

"저도 대충 그렇게 살자주의인데요. 남의 일이 아닌 거 같아서 이런 말씀 드리는 거예요, 정필규, 감독님."

놈의 입에서 내 이름과 직함이 나오자 뜨끔했다. 내 얼굴을 빤히 바라보며 놈이 씩 웃었다.

"나름 유명 인사시던데 몰라뵈서 죄송합니다. 저도 긴가민가했는데 아까 여자 팬한테 사인해주신 거 보니까 맞더라고요. 제법 흥행한 영화도 찍으시고 상도 받으신 정필규 감독님께서 이렇게 누추한 데서 험한 짓 하시다 잘못하면 한 방에 훅 갑니다, 감독님. 야, 잘 찍고 있지?"

아귀가 말끝에 떡대를 돌아보며 물었다. 그제야 떡대 손에 들린 스마트폰이 내 눈에 들어왔다. 놈은 지훈에게 올라탄 나를 촬영 중이었다.

"예, 형님. 잘 찍고 있습니다."

"저희야 백날 찍어도 감독님 발톱의 때만도 못한 퀄리티겠지만 한 수 배우는 셈 치고 야메로 찍는 건데 해량해주실 거죠?"

불난 데에 기름 들이붓는 격이었다. 안 그래도 불지옥에 빠져 허우적대는데 불에 달군 쇠꼬챙이로 이마를 꾹꾹 짓누르는 악마를 올려다보는 듯했다.

"이야, 이거 그림이 딱 나오네요. 기레기들이 선호하는 각. '경악! 영화감독 정필규, 절친 폭행 혐의로 입건!' 헤드라인도 자동으로 나오네. 에헤이, 우리 감독님, 한숨 쉬지 마세요. 땅 꺼질라……."

휴대폰이 울렸다.

> **모로스** 그러게
> 제가 말씀드렸잖아요
> 조심하시라고..
> 네 번째 밸런스 게임은
> 성공으로 치죠
> 바로 다섯 번째
> 밸런스 게임 갑니다
> 1번, 두 남자를 죽이고 박지훈 씨
> 데리고 현장 벗어나기
> 2번, 두 남자가 박지훈 씨를 죽이게
> 유도한 뒤 현장 벗어나기
> 10초 드리겠습니다

하마터면 소리를 빽 지를 뻔했다. 미친 소리 작작하라고……. 지금 이 두 놈을 죽일 이유도, 여력도 없을뿐더러 살인은 어떤 이유로도 해서는 안 될 짓이었다. 그렇다고 이 놈들이 지훈을 죽이게 할 자신도, 이유도 없었다. 아무리 상황이 최악이라지만 어떻게…….

모로스	자, 선택하시겠습니까?

무지막지한 딜레마에 떠밀려 벼랑 끝에 대롱대롱 매달린 기분이었다. 그렇다고 마냥 머뭇거릴 상황도 아니었다. 울며 겨자 먹기로 하나를 골랐다.

2번

모로스	오, 역시……
	탁월한 선택입니다
	그럼 시작하시죠

"역시 유명인이라 엄청 바쁘시네. 여기저기서 연락도 많이 오고 그러죠?"

그래, 오늘만 해도 엄청난 연락을 내내 받았다.

"에이, 감독님, 그렇다고 사람 말하는데 씹고 딴짓하시면 상대 기분이 상당히 불쾌하지 않겠어요?"

놈이 또 슬그머니 이빨을 드러냈다. 언제나 물어뜯을 준비가 된 하이에나 같은 놈. 일단 입에서 나오는 대로 둘러대기로 했다.

"사실은 지금 이 친구랑 리허설 중이었어요."

"리허설이요? 촬영 전에 연습하는 그런 거요? 와, 우리 감독님, 역시 영화감독답게 평계도 창의적이시네. 무슨 리허설을 여기서 스태프 하나 없이……."

"로케이션 헌팅차 왔다가 합 좀 맞춰보려고요. 제 차기작에 이 친구도 출연하거든요."

"에이, 감독님, 영화는 잘 찍으시는데 연기는 영 아니올시다. 빚쟁이를 자기 영화에 출연시키는 감독도 있어요? 박지훈 씨, 지금 리허설하는 거 맞아요?"

지훈이 나를 올려다보았다. 내 임기응변에 장단을 맞춰야 할지 망설이는 눈치였다. 얼른 입 모양으로 신호를 보냈다.

'사천.'

잠시 망설이던 지훈이 동의의 눈빛을 보냈다. 이때다 싶어 얼른 지훈의 손목과 발목에서 테이프를 뜯어내고 일으켜 세웠다. 아귀는 흥미롭다는 눈빛으로 나와 지훈을 빤히 지켜보았다. 지훈이 아귀에게 대답했다.

"리허설 맞아요."

"오, 진짜요? 두 분이 그새 입 맞추신 건 아니고?"

눈치 하나는 기가 막히게 빠른 놈이었다.

"그런 거 아니에요, 진짜 리허설이에요. 이 친구 차기작…… 제목이……."

지훈이 머뭇거린 순간, 얼른 말을 이어받았다.

"「밸런스 게임 지옥」."

"아, 맞다, 「밸런스 게임 지옥」······."

"「밸런스 게임 지옥」? 제목 좋은데요. 그 뭐냐, 요새 애들 말로 어그로가 끌리네. 안 그러냐?"

아귀가 떡대를 돌아보며 묻자 떡대가 어리둥절한 표정을 지었다.

"어그로가 뭡니까, 형님."

"아, 영알못 새끼, 관심 끌기 좋다고!"

"그게 그런 뜻입니까?"

"그런데······ 무슨 리허설을 얼굴에 스크래치까지 내가며 이렇게 빡세게 하십니까?"

지훈의 호주머니에서 카톡 알림음이 울렸다. 전화기를 꺼내어 확인한 지훈의 얼굴이 순식간에 굳어졌다.

16. 클리프행어

"박지훈 씨는 왜 또 그러세요?"

아귀의 물음에 대답도 없이 휴대폰에 재빨리 뭔가 입력한 지훈이 전화기를 바닥에 내팽개쳤다. 바닥에 두어 번 튕기다 떨어진 폰 화면에 거미줄 같은 금이 쩍 그어졌다. 두 남자만이 아니라 나까지도 어리둥절해져서 바라보자 지훈이 피식 웃고 어깨를 으쓱하며 뒤늦게 대답했다.

"중요한 연락이 와서요."

"어디서요?"

"몰라도 돼요."

"중요한 연락이 왔는데 폰은 또 왜 뽀개요?"

"더 쓸 일 없게 돼서요."

"뭔 개소리세요?"

끈질기게 따지고 드는 아귀 따위는 안중에도 없다는 듯

나를 돌아본 지훈이 물었다.

"필규야, 니 영화 볼 때마다 궁금한 게 있었거든? 원래 사람이 다 그러냐?"

"뭐가?"

"곧 죽게 되면 오히려 태연해지는 거 말이야. 니 영화에서도 그러잖아. 근데 내가 겪어보니 진짜 그렇네. 마음이 평온해지고 무덤덤해져. 거참 신기하네."

난데없는 소리에 기분이 싸해졌다. 내 기분과 상관없이 지훈은 주위를 두리번거리며 뭔가 찾기 시작했다.

"어디 보자…… 요 근처 어딘가에 떨어졌을 텐데……."

"박지훈 씨, 도대체 뭐 하세요?"

아귀가 묻자 지훈이 미간을 구기며 버럭 고함을 내질렀다.

"아 쫌! 가만히 있어 봐요. 좀 전에 떨어뜨린 게 있어서 그러니까. 아, 여기 있었네!"

주위를 두리번거리던 지훈이 부러진 각목 조각을 집어 들었다. 각목의 부러진 단면이 칼날처럼 날카로웠다. 지훈이 다시금 내게 물었다.

"우리 시나리오, 다음 컷이 어떻게 되지?"

"다음 컷……?"

"아, 맞다! 기억나네. 내가 여기서……."

클리프행어 145

어리둥절해진 나와 달리 지훈은 태연한 얼굴로 떡대에게 다가갔다.

"이쪽으로 가서…… 실장님이셨나, 아님 과장님이셨나? 성함이……?"

떡대가 팔짱을 낀 채 지훈에게 턱을 내밀며 되물었다.

"알아서 뭐 하게?"

"그래도 이름은 알아야죠, 최소한의 예의상."

"왜?"

"내가 죽일 사람이니까."

지훈이 각목 조각을 칼처럼 떡대의 눈에 휘두르기 시작했다. 푹푹 소리가 나며 피가 튀었다. 뜻하지 않은 기습에 당한 떡대가 두 손으로 제 눈을 감싸 쥐며 비명을 질렀다.

"내 눈! 내 누운!"

"이런 개새끼가!"

아귀도 바짓단 밑에서 칼을 꺼내더니 지훈의 뒤로 달려들어 왼쪽 옆구리를 찔렀다. 헉, 바람 빠진 소리를 터뜨린 지훈도 만만치 않았다. 아귀가 두 번째로 옆구리에 휘두른 칼날을 손으로 움켜쥐고 돌아선 지훈이 아귀의 이마를 퍽 들이받았다. 지훈이 놈의 손에 각목 조각을 휘둘렀다. 아귀가 놓친 칼이 저만치 날아가자, 지훈이 아귀에게 달려들어 아귀의 배에도 각목 조각을 꽂았다. 지훈이 나를 돌아보며 외쳤다.

"필규야! 여긴 나한테 맡기고 얼른 가, 빨리!"

"이, 이런 미친 새끼가!"

그 틈을 노린 아귀가 각목을 붙들고 다리를 걸어차서 지훈을 바닥에 넘어뜨렸다. 지훈에게 올라탄 놈이 양손으로 지훈의 목을 움켜쥐었다. 컥, 소리를 내며 지훈이 온몸을 버둥거렸다. 눈이 뒤집힌 아귀가 살기등등한 목소리로 외쳤다.

"죽어, 이 새끼야!"

느닷없이 눈앞에서 벌어진 아수라장에 어찌할 바를 몰랐다. 지훈의 말대로 여기서 자리를 뜨면 적어도 다섯 번째 밸런스 게임은 성공하는 셈이었다. 내가 고른 선택지가 '두 남자가 박지훈을 죽이게 유도한 뒤 현장 벗어나기'였으니까.

에라, 모르겠다. 죽이든 살리든 알아서들 하겠지. 아수라장을 외면하고 엘리베이터 쪽으로 돌아섰다. 엘리베이터 앞에서 버튼을 누르려던 손이 허공에 멈췄다.

등 뒤에서 친구가 죽어 가는데 나 혼자 살겠다고 달아나다니…….

돌아서서 두 사람에게 내달리기 시작했다.

"그만해!"

퍽! 체중을 실은 내 발길질에 옆구리를 맞은 아귀가 옆으로 벌러덩 나자빠졌다. 아귀를 축구공 삼아 사정없이 걷어찼다.

"사람이! 사람 탈 쓰고! 할 짓이! 따로 있지! 더러운! 새끼들아!"

단어 하나하나마다 힘을 실은 발길질에 아귀가 반격하지 못하고 쭉 뻗어버렸다. 숨통 트인 지훈이 쿨럭쿨럭 기침을 토해내며 몸을 일으키다 악, 비명을 질렀다.

"괜찮아?"

"괜찮겠냐?"

지훈의 눈길을 따라 내려다본 옆구리 자상은 한눈에 보기에도 심각했다.

"119 부르자. 아님 병원이라도 가자."

"됐어, 이까짓 걸로……. 어때, 2 대 1로 빌런들 작살내는 다찌마리, 괜찮았지?"

"그래, 새끼야."

지훈을 부축해 일으켜 세우던 순간, 뒤에서 무거운 발소리가 쿵쿵쿵 달려들었다. 떡대였다. 짐승 같은 괴성을 내지르며 곧장 지훈에게로 달려든 떡대가 지훈의 허리춤을 붙들고 한 덩어리로 뒤엉켜 내게서 떨어져 나갔다. 무지막지한 힘에 못 이긴 두 사람이 끝내 중심을 잃고 창가 쪽으로 하릴없이 떠밀렸다. 하필 유리창이 달리지 않은 자리였다. 그대로 건물 밖까지 떠밀린 두 사람이 벌러덩 나가떨어지며 눈앞에서 사라졌다. 건물 아래로 곤두박질하며 내지르는 비명이 처절했다. 곧이어 6층 아래에서 묵직한 충격음과 행인들의 비명이 이어졌다.

"지훈아!"

창으로 달려가 보니 창턱을 한 손으로 붙들고 간신히 대롱대롱 매달린 지훈이 보였다. 턱을 붙든 지훈의 손이 점점 미끄러졌다. 턱에서 지훈의 손이 떨어진 순간, 몸을 엎드린 내가 얼른 손목을 턱 붙들었다.

"잡았어!"

내 영화에서도 옥상 난간에 매달린 사람을 끌어올리는 장면이 있었다. 그러나 현실은 영화와 달랐다. 성인 남자를 한 손만 붙들고 끌어올리기에는 역부족이었다. 손아귀에 흥건한 진땀 때문에 지훈의 손목이 내 손에서 점점 미끄러지기 시작했다. 빤히 올려다보던 지훈이 나를 불렀다.

"필규야."

"말하지 마. 할 말 있으면 올라와서 해."

"너만 하는 거 아니다."

"뭐……?"

"그거."

내가 미처 더 묻기도 전에 내 손목을 붙들었던 지훈이 손을 놓았다.

클리프행어 149

내 손아귀를 모래알처럼 빠져나간 지훈의 손이 저 멀리 떨어져 나갔다. 지훈은 그대로 곤두박질쳤다. 6층 아래로……

"안 돼!"

나를 올려다보며 떨어지는 지훈의 얼굴. 놀람과 공포와 절망과 체념이 한데 뒤섞인 그 얼굴이 내 머릿속에 또렷하게 아로새겨졌다. 그다음 이어질 추락을 보고 싶지 않아 눈을 질끈 감았다. 곧바로 여지없이 끔찍한 소리가 들렸다.

"하아……"

눈앞이 아득해졌다.

순식간에 내 눈앞에서 두 사람이 죽었다. 그중 한 사람은 내 절친이었다.

"어떻게…… 어떻게 이럴 수가 있지?"

주머니에서 카톡 알림음이 울렸지만 거들떠보지도 않았다. 분명 모르스인지 모스부호인지 하는 개새끼일 테니까. 차라리 여기서 확 뛰어내릴까? 몸을 일으키다 한동안 창가에 서서 망설였다.

1번, 여기서 뛰어내려 모든 걸 끝내기. 2번, 민서를 납치한 그놈을 잡아 죽이기.

'10초 드리겠습니다.'

머릿속에서 그 지긋지긋한 목소리가 환청처럼 울려 퍼

졌다.

"2번. 닥치고 2번……."

이를 앙다물며 돌아서다 멈칫했다.

"필규야, 너만 하는 거 아니다. 그거."

지훈이 마지막으로 남긴 말. 도대체 무슨 뜻일까? '그거'라니…….

"내가 하는 그거……?"

설마…….

아귀와 떡대에게 달려들기 전에 지훈은 전화기를 확인했다. 그리고 그 직후 돌변했다. 전화기를 확인해야 했다.

"어딨지?"

저만치 바닥에 떨어져 뒹구는 지훈의 스마트폰이 보였다. 그리로 달려가서 전화기를 주워들었다. 금이 갔지만 불행 중 다행으로 액정이 아예 나가지는 않았다. 금 간 틈으로 떠 있는 카톡 화면이 얼핏 보였다. 자잘한 금 때문에 잘 보이지 않는 내용을 가까스로 확인한 순간, 그 자리에 그대로 얼어붙었다.

17. 딜레마

> **모로스**　1번, 두 남자를 죽이고 정필규 씨
> 데리고 현장 벗어나기
> 2번, 두 남자가 정필규 씨를 죽이게
> 유도한 뒤 현장 벗어나기
> 10초 드리겠습니다

　지훈의 전화기를 든 내 손이 부들부들 떨렸다. 대상이 다를 뿐, 내게도 주어졌던 선택지였다. 그러나 지훈의 선택은 나와 달랐다.

>   1번

그러니까 결국 지훈도 나처럼 놈과 밸런스 게임을 했던 셈이었다.

"필규야, 너만 하는 거 아니다. 그거."

지훈이 죽기 전에 남긴 말뜻도 바로 그것이었다.

'필규야, 너만 하는 거 아니다, 밸런스 게임.'

어떻게 엮였는지 모르지만, 지훈도 놈과 밸런스 게임 중이었다. 내가 놈과 밸런스 게임을 하는 중이라는 사실도 알았다. 어떻게 알아챘을까?

뒤늦게 미칠 듯한 후회와 자책이 밀려와 머리를 쥐어뜯었다. 같은 선택지에서도 지훈은 나와 반대를 골랐다. 나는 나혼자 살겠다고 지훈을 희생양으로 골랐는데 지훈은 끝까지 제 안위보다는 친구를 택했다.

"우린 의형제나 다름없는 친구라고······. 너 그 말, 진심으로 한 소리였냐?"

지훈의 말이 맞았다. 지훈은 나를 의형제나 다름없는 친구라 생각했지만, 나는 지훈을 나 대신 토끼 물어오게 하고 쓸데없어지면 삶아 먹을 사냥개로 여겼다.

"왜 몰랐지? 왜······."

하긴 까맣게 몰랐어도 이상한 일은 아니었다. 민서에 정신이 팔려 제정신이 아니었고 지훈도 놈과 밸런스 게임을 하는 중인 줄은 정말이지 꿈에도 몰랐으니까. 이전 카톡 내용이나 통화 기록을 보려고 폰 화면을 건드려봤지만 헛일이었다. 화면은 마지막 카톡에서 굳어버린 채 터치가 먹히지 않았다. 방금 마지막 말을 남기고 죽은 지훈처럼…….

내 전화기가 진동했다. 역시나 놈이었다.

"말해."

"박지훈 씨 일은 유감입니다."

"유감? 넌 속 편해서 좋겠다? 사람 죽여 놓고 유감이라고 한마디 하면 끝이니까."

"제가 박지훈 씨의 죽음을 유도한 건 아니니까요."

"아가리 닥쳐, 씨발놈아! 너 때문이야! 니 밸런스 게임인지 뭔지 때문에 지훈이가 죽었다고! 그것도 내 눈앞에서!"

"그래서 기분이 어떠셨습니까?"

"뭐?"

"눈앞에서 떨어져 죽는 박지훈 씨를 보신 기분 말입니다."

"말이라고 해? 개좆같다! 말로 표현 못 할 만큼……. 내 눈앞에 니가 있었으면 당장 찢어 죽였을 만큼…… 니가 이 기분을 알기나 해?"

거의 울먹이며 길길이 날뛰는 나와 달리 놈은 한없이 냉정했다.

"네, 그 기분 잘 압니다. 차고 넘칠 만큼. 아마 정필규 씨보다 제가 더 잘 알걸요?"

오디오북

드래곤 라자 이영도
31명의 호화 성우진이 연기하는 한국 환상 문학의 전설, 드래곤 라자 오디오북
오디오클립 단독 15부작 완결

눈물을 마시는 새 (전18장) 이영도
수백만 독자가 열광한 최고의 걸작 판타지.
초호화 성우진이 모든 텍스트를 완독한 총 62시간의 혁명적 오디오북!
「소묘들」·「너는 나의」 등 이영도 작가의 최신 단편 출시.

애거서 크리스티 베스트 12 애거서 크리스티
애거서 크리스티의 생애 최고 걸작을 귀로 듣는다!

전자책

네가 없는 나날 서은채
『내가 죽기 일주일 전』의 후일담을 담은 7년 만의 신작 외전 전자책 단독 출간

열린 문으로 그분이 오신다 소금달 외 11인
황금가지가 직접 운영하는 온라인 소설 플랫폼
'브릿G' 8주년 기념 특별 단편집

리 없는 우주 박성환
제1회 과학기술 창작문예 수상 작가 박성환의 신작 인공지능 SF 단편

황금가지 베스트셀러 2

"이 책을 펼친 독자 한 분 한 분이,
조금이라도 즐거운 시간을 보내시기를 진심으로 바라고 있습니다."

죽은 자에게 입이 있다 다카노 가즈아키

『13계단』, 『제노사이드』 작가의 신작 전격 출간!
한국에서 최초 공개되는 미발표 작품집

귀가할 때마다 점차 가까워지는 의문의 발소리,
사찰에서 목격되는 유령에 관한 소문,
꿈속에서 보이는 낯모르는 이의 기억……
일본 미스터리의 거장 다카노 가즈아키의
다채로운 작품 세계가 담긴 6편의 단편 수록.

13계단 다카노 가즈아키

한국 출간 20주년 기념
리커버판 드디어 출간!

사형 제도의 구조적 모순과 국가의 범죄 관리 시스템을
통렬하게 비판하며 일본 추리 문학계를 뒤흔든 문제작.
제47회 에도가와 란포상 수상작.

건널목의 유령 다카노 가즈아키

열차 정지 사고가 거듭되는 대도시의 건널목,
그곳을 포착한 한 장의 사진에 찍힌 유령의 정체는?

탁월한 서스펜스가 빛나는 심령 소설의 걸작.
제169회 나오키상 후보작.

황금가지 신간 1

체인 갱 올스타전 나나 크와메 아제-브레냐

**교도소마저 민영화된 미국,
전례 없는 쇼 비즈니스가 펼쳐진다.
《뉴욕 타임스》 선정 올해 최고의 소설!**

"『1984』나 『시녀 이야기』와 같은 충격적인
깨달음을 준다." —《워싱턴 포스트》

질문 좀 드리겠습니다 리베카 머카이

**《뉴욕 타임스》 선정 21세기 100대 소설 작가
리베카 머카이가 펼치는 문학적 미스터리!**

그루밍 성범죄와 미투 운동, 교내 성폭력의
본질을 다루며 평단과 독자들의 압도적인
지지를 받은 여성 혐오 범죄 미스터리.

"여성 혐오의 음흉함을 날카롭게 전달한다."
—《더 뉴요커》

모로 박사의 딸 실비아 모레노-가르시아

**H. G. 웰스의 SF 고전 『모로 박사의 섬』이
19세기 멕시코를 무대로 다시 태어나다!**

'세상의 끝'에 자리한 위태로운 안식처,
그곳에 생긴 균열을 통해 깨어나는 한 여성의 성장기.

"지적이고 시대 묘사가 탁월한 역사 호러를 좋아하는
팬이라면 놓치고 싶지 않을 작품."
—《퍼블리셔스 위클리》

황금가지의 한국 소설

내가 죽기 일주일 전 서은채

**김민하&공명 주연의
티빙 오리지널 시리즈의 원작 소설**

오늘, 6년 전 죽은 네가 내 곁으로 돌아왔다.
웹소설의 가독성과 문학의 울림을 함께 담은
감성 미스터리 판타지.

카카오페이지 웹툰 절찬 연재 중

해외 주요
10개국 수출
계약 체결

직장 상사 악령 퇴치부 이사구

**지금까지 이런 직장 고민은 없었다!
무당 조수로 변신한 디자이너의
유쾌하고 눈물 나는 수난시대!**

자취방의 벽간 소음과 무능한 상사가 버티는 직장,
크라우드 펀딩 사업과 유튜브에 얽힌 소동 등
21세기 한국을 살아가는 청춘의 애환을 그리며
웃음과 눈물을 동시에 선사하는 신개념 오컬트!

밀리의 서재 '올해의 라이징 작가' 선정
제6회 황금드래곤문학상 수상

출간 전
드라마
제작 확정

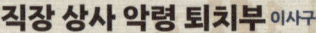

법의 체면 도진기

**한국의 대표적 추리 작가이자
전직 부장판사 출신 소설가 도진기의 신작 단편집!**

가상현실, 인공지능, 물체 전송 기술 등 SF와
스릴러를 아우르는 다채로운 스펙트럼의 작품 수록.

"법정과 인간을 여러 시선으로 보면서 느꼈던 바를
작품화한 것입니다. 솔직히 말하면 실망이나
안타까움을 느낀 때가 계기였습니다."
— 「작가의 말」 중

황금가지 베스트셀러 1

피를 마시는 새 한정판 (전4권) 이영도

세계 메이저 출판사들의 선택을 받으며
세계 17개 언어권 30여 개 나라에서 주목받은
이영도 작가의 『눈물을 마시는 새』의 후속작,
출판 20주년 기념 특별 일러스트 판본 한정판!

- 붓과 먹으로 한국적 색채가 강한 백성민 화백의 삽화 62점 수록
- 이영도 작가의 친필 사인본 (세트만 해당, 1권에 수록)
- 8권 양장본을 4권에 담은 『피를 마시는 새』 전집
- 고급 패브릭 소재 커버 및 고밀도 슬립케이스 (세트만 해당)
- 세트 구매 시 가볍고 핸디한 페이퍼백 4종 무료 증정

지금 예스24, 알라딘, 교보문고 그리고 브릿G(britg.kr)에서 판매 중입니다.

2025년 11월, 이영도 작가의 7년 만의 신작
장편소설이 돌아온다!

어스탐 경의 임사전언 이영도

자신의 심장에 단도를 꽂아넣은 범인이 밝혀질 때까지,
죽은 채 네 명의 유력 용의자를 등장인물로 한
소설 집필을 4년째 멈추지 않는 어스탐 경.
곧 소설이 완결될 거란 소식에 그의 집필처는 왕국의 수사관,
용의자들, 그리고 기이한 사서들로 혼란에 휩싸인다.

황금가지 신간 2

데드 스페이스 칼리 월리스

**테러로 기계 몸과 막대한 빚을 얻은 AI 연구자,
'거대한 밀실'에서 벌어진 살인 사건 해결에 뛰어들다!**

인공지능이 관리하는 우주 기지를 배경으로
사이보그 탐정의 활약이 속도감 넘치게 펼쳐지는
SF 스릴러. 필립 K. 딕 상 수상작.

작은 자비들 데니스 루혜인

**『살인자들의 섬』·『미스틱 리버』의 작가
데니스 루혜인의 6년 만의 신작!**

《파이낸셜 타임스》,《워싱턴 포스트》,《뉴요커》 선정
올해의 최고 도서. 오바마 전 대통령의 여름 추천 도서.

"데니스 루혜인의 가장 뛰어난 작품임이 틀림없다."
—《월스트리트 저널》

유산 시리즈
십만 왕국·무너진 왕국·신들의 왕국 (전4권) N. K. 제미신

**신과 인간의 운명을 둘러싼 압도적 스케일의 대서사시
21세기 판타지 소설의 지표 N. K. 제미신의 기념비적 데뷔작**

"마법과 상실, 교합과 비탄을 한껏 담으며 놀랍도록 다양한 인물과
풍경을 창조해 냈다."—《퍼블리셔스 위클리》

   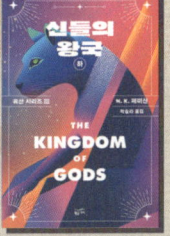

황금가지의 영상화 원작 소설들

듄 (전6권) 프랭크 허버트

**칼 세이건이 극찬한 SF의 영원한 고전,
세계 수십 개의 언어로 번역되어
2000만 부 이상의 판매고를 올린
역사상 가장 많이 팔린 SF**

드니 빌뇌브 감독의 아카데미 6관왕
블록버스터 영화 「듄」의 원작

"『듄』에 견줄 수 있는 건 『반지의 제왕』 외에는 없다."
— 아서 C. 클라크

"『듄』은 내가 미처 비판할 틈도 없이 빠져들게 만들었다."
— 칼 세이건

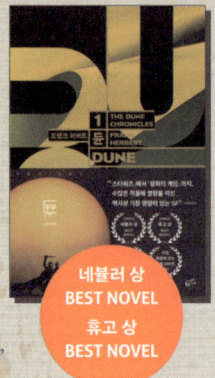

네뷸러 상
BEST NOVEL
휴고 상
BEST NOVEL

듄 그래픽 노블 (전3권) 프랭크 허버트, 라울 앨런, 파트리샤 마르틴

듄의 세계 톰 허들스턴

프랭크 허버트에게 영향을 미친 것들을
총망라한 「듄」 세계관의 가이드맵

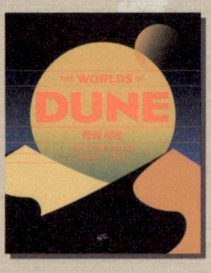

프랭크 허버트 단편 걸작선 프랭크 허버트

세계에서 가장 많이 읽힌 SF 『듄』의 작가
프랭크 허버트의 단편집.

미키7 에드워드 애슈턴
미키7-반물질의 블루스

**아카데미 수상작 「기생충」 봉준호 감독의
「미키17」의 원작!**

죽음의 위기에서 가까스로 생환한 미키7은
자신을 이을 또 다른 복제 인간과 맞닥뜨린다.

"너도 니 친구가 어떤 미친놈 때문에 6층에서 떨어져 죽었냐?"

"어쩌면요, 더 심했는지도 모릅니다."

"지랄하네. 뭐가 더 심한데? 말해 봐, 내가 도대체 너한테 무슨 죄를 지었는지……. 니가 누구고 내가 너한테 도대체 뭘 잘못했는지 알아야 니 앞에 무릎 꿇고 석고대죄하든 죗값을 치르든 할 거 아니야? 말도 안 해주면서 좆같은 밸런스 게임인지 뺑뺑이만 돌리면 내가 어떻게 알아?"

"이 모든 게 바로 그 답을 알아가는 일종의 플롯입니다. 기승전결…… 아시죠? 감독님은 지금 그 과정 중에서 '기승'까지밖에 못 오셨습니다. 그런데 자꾸 '전결'을 스포해 달라고 하시면 되겠습니까?"

"그럼 말해봐, 지훈이는 왜 죽인 건데?"

"제가 죽인 게 아닙니다. 박지훈 씨 본인이 선택한 결과입니다."

"지훈이가 선택했어? 여기서 떨어져 개죽음당하겠다고? 미친 개소리 작작 지껄여, 이 사패 새끼야! 지훈인 저 두 놈을 죽이고 날 데리고 여기서 벗어나기를 선택했어. 주둥이 뚫렸으면 말 똑바로 해. 지훈이까지 끌어들여서 이 미친 짓거리를 벌이는 이유가 도대체 뭐냐고!"

"진정하시죠. 필요 이상의 흥분은 컨디션 저하를 일으킵니다."

"진정? 진정하게 됐어? 니가 내 역린을 건드렸는데?"

놈이 나지막이 키득거렸다.

"감독님 역린이 박지훈 씨였던가요? 제가 알기론 감독님 역린은 민서였습니다만……?"

"민서가 너한테 뭘 잘못했냐고, 야비하고 더러운 새끼야! 막말로 애가 무슨 죄가 있냐고!"

"죄지은 아빠를 둔 게 죄 아니겠어요? 콩콩팥팥이라 얘도 어쩌면 정필규 씨랑 똑같은 인간으로 자라날지도 모르니 미리 싹을 잘라버리는 게 세상에 이로울지도 모르죠."

"개새끼, 민서 건드리지 말라고 경고했다."

"지금 개새끼는 제가 아니라 정필규 씨 당신이에요. 언제든 대신 토끼 물어오게 하고 쓸데없어지면 삶아 먹을 개새끼. 자리나 피하시죠, 사망사건 현장에서 현행범으로 체포되기 전에……."

멀리서 경찰차 사이렌 소리가 들려왔다. 현장 목격자 중 누군가 신고한 모양이었다. 경찰에게 정황을 진술해야 했지만, 지금은 그럴 여유가 없었다. 일단 우철부터 찾아야 했다. 졸업앨범을 난도질한 장본인. 어쩌면 우철이야말로 이 모든 일의 원흉인지도 몰랐다. 어쩌면 이놈의 정체가 바로 우철인지도…….

"일단 끊어."

딩동댕!

엘리베이터 문이 열리자마자, 건물 뒤편 주차장 대신 건물 앞쪽 출구로 향했다. 혹시라도 지훈이 죽지 않고 살았기를 바라는 마음에서였다. 이런 나 자신이 가증스러워 못 견디겠으면서도 한편으로는 내 눈으로 직접 확인하고 싶었다.

건물 밖으로 나오니 추락 현장을 둘러싼 구경꾼들로 현장이 북새통이었다. 경찰차는 물론, 구급차까지 와 있었다. 추락 현장에 흰 천으로 덮인 시신 두 구가 구경꾼들 사이로 언뜻언뜻 보였다.

"들어오시면 안 됩니다!"

노란 접근금지 테이프를 두르던 정복 순경이 구경꾼들을 통제하며 외쳤다.

"한 발짝씩만 뒤로 물러나 주세요!"

아, 이런……. 순경의 얼굴을 본 순간 멈칫했다. 하필 아까 내가 사인을 해줬던 강충열 순경이었다.

"어? 정 감독님?"

나와 눈이 마주친 강 순경이 테이프를 동료에게 맡기고는 내게로 달려왔다. 그제야 아차 싶었다. 안경이라도 벗을걸, 그냥 주차장으로 갈걸……. 후회해도 이미 늦었다. 못 들은 척 서둘러 돌아섰지만, 순경이 내 어깨를 붙들어 세웠다.

"정필규 감독님!"

"어? 아, 예……."

"어쩐 일이세요, 여긴?"

반가워하는 말투였지만, 나를 보는 눈빛에는 의심이 살짝 묻어났다.

"누구 좀 만나러 왔는데…… 무슨 사고라도 났나 봐요?"

"예, 저도 신고받고 지금 막 도착해서 자세한 건 조사해봐야 알 거 같아요."

말을 아끼기는 했지만, 6층의 뻥 뚫린 창을 흘끔 올려다보는 눈빛이 날카로웠다.

"참, 감독님."

"네?"

"이건 혹시나 해서 여쭙는 건데요. 현장을 목격하셨거나 뭐, 그런 건 아니시죠?"

"저도 카페에 있다가 꽝 소리가 나길래 깜짝 놀라서 나와 본 거라……."

"아, 그러시구나, 근데 얼굴은 왜……."

강 순경이 내 얼굴을 조심스레 가리켰다.

"얼굴이요?"

"아깐 없던 상처가 많이 생기셨는데요?"

"예? 그래요?"

내 얼굴을 더듬어 보고야 알아차렸다. 지훈과 싸우다 상처가 생긴 줄도 미처 몰랐음을……. 낭패였다.

침착해야 한다. 여기서 수상쩍게 행동하면 의심 사기 딱 좋다. 지구대까지 동행해서 사실 그대로 진술하면 되겠지만, 여러모로 상황이 복잡해지기 쉽다. 나는 지훈이 죽은 현장에 있었고 지훈의 죽음에도 관련이 있었으니까. 심지어 그 직전에는 지훈과 육탄전까지 벌였다. 무엇보다 여기서 내가 지구대로 가게 되면 모로스가 민서에게 무슨 짓을 저지를지 몰랐다.

"카페 입구에서 넘어졌어요. 너무 깜짝 놀라서 허겁지겁 나오다……."

명색이 영화감독인데 고작 이런 핑계라니 한심스러웠다. 반나절 만에 너무나 많은 사건을 겪다 보니, 머릿속에도 과부하가 걸린 듯했다.

"아이고, 그렇게 심하게 넘어지셨어요?"

순경의 눈빛과 목소리에 어린 의심이 좀 더 불어났다.

"어째 오늘 일진이 안 좋네요."

심하게…….

"아…… 그러시구나."

고개를 끄덕이며 되풀이하는 '아, 그러시구나'에도 영혼이 없었다. 내 말을 믿지 않는 눈치였다.

"감독님 혹시나 해서 여쭤보는 건데요, 무슨 일 있으신 건 아니죠?"

넌지시 건네는 말에도 뼈가 느껴졌다.

"네, 별일 없습니다. 더 용건 없으시면 전 이만 가 보겠습니다."

일부러 말투를 딱딱하게 바꿔 불편한 기색을 드러냈다. 강 순경의 도움을 받기에는 이미 너무 멀리 와 버렸다.

"아, 네…… 죄송합니다, 감독님. 제가 눈치도 없이 귀한 시간을 뺏었네요."

"아닙니다. 그럼 수고하세요."

강 순경에게 눈인사하고 돌아섰다. 건물 안으로 도로 들어와 일직선의 통로를 따라 엘리베이터 앞을 지났다. 건물 뒤편 주차장으로 난 출구를 막 나서던 순간, 등 뒤로 엘리베이터 문 열리는 소리가 났다.

딩동댕!

거친 발소리와 숨소리가 미친개처럼 목덜미로 다가들어 돌아본 순간, 지옥에서 막 튀어나온 듯한 몰골의 아귀가 칼을 치켜들고 내게로 달려들며 외쳤다.

"어디 가세요?"

18. 딥 포커스

"정필규 감독님!"

말은 '어디 가세요? 정필규 감독님!'이었지만 뜻은 '어디 가기 전에 널 죽여버리겠다!'였다. 지훈의 죽음과 전화기에 온통 신경이 쏠려 아귀 따위는 안중에도 없었다. 놈이 따라와 내 덜미를 붙들 줄도 몰랐다.

칼날을 번뜩이며 내게 달려드는 아귀는 말 그대로 지옥에 떨어진 아귀 그 자체였다. 칼 든 손을 뒤로 홱 젖힌 놈이 눈앞으로 다가드는 광경이 영화 속 슬로 모션처럼 느릿느릿 보였다. 피해야 했다. 영화에서야 칼 든 악당에 맞서 맨손으로 싸우는 격투 장면이 곧잘 나오지만, 어디까지나 합을 맞춘 영화적 허용일 뿐이었다. 현실에서 멋모르고 칼 든 미친놈과 맞섰다가는 여기저기 끔찍하게 찔려 과다출혈로 죽기 딱 좋았다. 지금도 그랬다.

하지만 피하기에는 이미 늦었다. 허공에 포물선을 그리며 날아드는 칼날의 목표지점은 정확히 내 목이었다. 왼쪽 경동맥. 경동맥이 잘리면 5초 안에 의식을 잃고 12초 안에 죽는다. 엉겁결에 왼손을 들어 올려 칼을 막았다.

놈의 칼끝이 내 왼손을 비켜나가 허공을 찔렀다. 내가 왼손에 든 지훈의 전화기가 막아줬기 때문이었다. 칼질을 한 번 막았다고 안심할 상황이 아니었다. 이런 칼부림은 곧바로 두 번, 세 번째 공격으로 이어지니까. 곧바로 놈이 다시 휘두르려던 순간, 칼 든 놈의 팔을 누군가 뒤에서 붙들었다.

"감독님!"

어느새 아귀 뒤로 달려온 강충열 순경이었다. 강 순경은 뒤에서 한 손으로 놈의 칼 든 손목을 붙들고 다른 팔로 목을 휘감아 옥죄며 놈을 뒤로 끌어당겼다. 놈이 예기치 못한 완력에 중심을 잃고 뒤로 벌렁 고꾸라졌다.

"피하세요, 일단!"

내게 소리친 강 순경이 건물 밖에 대고 외쳤다.

"임 순경님! 여기요! 일루 빨리 좀 와 주세요!"

제복 차림의 경찰과 몇몇 사람들이 우르르 몰려왔다. 버둥대는 놈의 저항이 만만치 않아 강 순경도 다칠 듯해서 칼을 든 놈의 손부터 발로 걷어찼다.

칼이 저만치 날아가 벽에 부딪힌 뒤 바닥에 떨어졌다. 일단 급한 불은 껐으니, 뒷일은 경찰들에게 맡기고 강 순경 말대로 일단 피하기로 했다.

"죄송합니다!"

강 순경에게 그렇게 외치고는 주차장까지 내달려 차로 뛰어들어 곧바로 시동을 걸고 출발했다. 경찰들이 아귀를 겹겹이 덮치고, 버둥대는 놈에게 수갑 채우는 광경이 멀리 보였다.

이제 정말 돌아오지 못할 강을 건넜다. 사고에 가까운 사건이었지만 지훈이 죽었고, 나도 현장에 있었다. 경찰이 수사에 들어가면 분명 나도 용의선상에 오를 터였다.

기다렸다는 듯 스마트폰이 울렸다. 모로스였다.

"지훈이는 어떻게 끌어들였냐?"

뜻밖의 방패막이가 되어준 지훈의 스마트폰을 조수석에 던지며 놈에게 물었다.

"끌어들이다뇨?"

"나한텐 민서라도 있지, 지훈인 미혼에 가족도 없는데 밸런스 게임인지 뭔지 어떻게 하게 시켰냐고?"

"누구한테나 아킬레스건은 있는 법이죠. 감독님의 역린이자 아킬레스건이 민서라면 박지훈 씨의 아킬레스건은 뭔지 아시잖아요."

"돈……."

"네, 빚 전액 탕감 조건으로 밸런스 게임 아홉 판이면 괜찮은 판돈이죠."

지훈은 5억을 빚졌다고 했다. 5억을 미끼로 지훈을 이 게임에 끌어들였다는 말이었다.

"니 말을 어떻게 믿고?"

"계약금 조로 오천 넣어드렸더니 얼씨구나 떡밥을 덥석 물던데요?"

"니가 그렇게 큰돈을 내걸었는데 겨우 이천 빌려주겠단 내 말에 열 일 제쳐 두고 만나러 나왔다고?"

놈이 재미있다는 듯 키득거렸다.

"감독님, 난이도 낮은 문제를 학생들이 의외로 왜 잘 틀리는지 아세요? 너무 어렵고 복잡하게 생각해서요. 감독님은 스스로 박지훈 씨 빌라를 찾아가셨던가요?"

그 말에 머릿속에 번쩍, 전기 불꽃이 일었다.

"그게 다 밸런스 게임이었다는 소리야, 지금?"

"전부 다라고 할 순 없지만, 대부분 그렇다고 봐야겠죠?"

눈앞이 아찔해졌다. 오늘 반나절 내내 나도, 지훈도 배우가 되어 이놈의 시나리오대로 움직였단 말이었다. 체스판 위의 말처럼, 무대 위의 마리오네트처럼……. 핸들 잡은 손이 부들부들 떨렸다.

"도대체 어디까지…… 어디까지 꾸민 거야?"

"꾸미다뇨? 전 그냥 감독님을 돕는 건데요, 물심양면으로."

"도와? 니가 뭘 도와?"

"진작 말씀드렸잖아요, 금수가 인간이 되게……."

"미친 새끼, 너야말로 금수잖아, 사람 죽인 금수. 둘이나 죽게 해놓고 양심의 가책이나 죄책감 못 느끼냐?"

"제가 왜 그래야 하죠? 제가 죽인 것도 아닌데?"

"그게 바로 니가 금수란 증거야. 너만 아니었다면 지훈이나 떡대는 지금도 살아 있었어."

"미국의 어느 심리학 박사 팀이 재밌는 실험을 했대요. 두 그룹의 참가자한테 컴퓨터로 수학 시험을 보라고 시키면서 A그룹 참가자는 스페이스 바를 눌러야 모니터에 정답이 뜨게 세팅하고, B그룹 참가자는 키를 안 눌러도 5초 있다 답이 뜨게 조작을 해놓은 거죠. 자, 여기서 문제."

문제고 뭐고 듣고 싶지 않았다. 전화기를 차 밖으로 내던지고 싶었다. 그럴 상황이 아니라서 더 분통이 터졌다.

"과연 어느 그룹 참가자가 부정행위를 더 많이 했을까요?"

"당연히 B겠지."

"딩동댕! B그룹 참가자는 모니터에 저절로 뜨는 정답을 보기만 했으니 부정행위 한 게 아니라고 아무 죄책감 없이 정답을 베꼈단 거예요. 자기한테 직접적인 책임이 없다고 믿을 때 더 거리낌 없이 비양심적이고 부도덕한 짓을 할 수 있단 증거죠."

제 손에는 피 한 방울 안 묻히고 지훈과 떡대가 알아서 죽게 했으니 저한테는 책임도, 죄책감도 없다는 논리였다.

"감독님은 어떠셨나요? 양심의 가책이나 죄책감을 느끼시나요?"

"적어도 너보다는……. 지훈이 죽은 데에는 분명 내 책임도 있으니까."

"아, 그러세요? 불행 중 다행이네요. 근데 어쩌죠? 전 전혀 못 느끼겠는데……."

"그렇겠지, 넌 공감 능력도, 인성도 바닥인 싸패 새끼니까."

"아뇨, 제가 그런 감정을 못 느끼는 건 모니터에 저절로 뜨는 정답만 봤기 때문이에요."

"그래? 그 정답이 뭔데?"

"인과요. '인이 있었으니 지금의 과가 있는 거야' 그게 정답입니다."

"뭔지도 모를 인이 있었으니 결국엔 나도 죽이겠다, 이 말이야?"

"그야 감독님 하기에 달렸죠. 자, 정리해보면 다섯 번째 게임은 성공입니다. 고지가 얼마 안 남았어요. 그럼 이제 또 슬슬 시작해 볼까요? 여섯 번째 밸런스 게임."

저놈의 밸런스 게임! 밸런스의 '밸' 자만 들어도 온몸에 진저리가 날 지경이었다.

"도대체 어디까지 갈 생각이야? 지훈이처럼 나도 죽어야 끝낼 건가?"

"방금 말씀드렸잖아요, 감독님 하기에 달렸다고. 미션 완수 QnA를 너무 낭비하신다. 다섯 번째 난이도가 좀 빡셌으니 여섯 번쩬 좀 쉬운 걸로 가 볼까 하는데 어떠세요?"

"어차피 내 의견 물어보고 해온 거 아니잖아?"

"좋습니다. 1번, 기우철 씨랑 일대일로 맞짱 뜨기."

우철이랑 맞짱이라고……? 갑자기? 왜? 헛웃음이 나올 만큼 유치했지만, 이 또한 꿍꿍이가 있음을 생각하니 웃어넘길 일이 아니었다. 혹시 지훈 다음은 우철인가?

"2번, 감독님 아내의 외도 현장 급습하기."

나도 모르게 브레이크를 밟았다. 뒤따르던 차들이 급정거하며 경적을 울려댔다. 차를 갓길에 대면서도 뒤통수가 얼얼했다. 아까 지훈에게 기습공격을 받았을 때보다 더 당혹스러웠다.

"무슨 개소리야? 미, 민서 엄마가 외도라니……?"

너무 놀라 말도 제대로 나오지 않았다.

"왜요, 감독님 외도는 불가피한 거고 아내분 외도는 절대 안 된다 이건가요?"

"절대 안 되고 뭐고 그럴 리가 없다고!"

"장담하실 수 있습니까?"

"그래! 민서 엄마는 외도, 불륜, 바람 이딴 거 치를 떠는 사람이야! 그런 거 싫다고 막장드라마도 안 봐! 헛소리도 정도껏 해!"

"장담하지 말라면서요? 장담할수록 그대로 안 되는 게 인생이라면서요? 살면서 호언장담이 통하는 유일한 경우가 저나 감독님이 언젠가는 반드시 죽는단 거라면서요? 그런데 왜 장담하시죠?"

"지랄하지 마! 이 미친 또라이 새끼가 하다하다 이제 남의 와이프 얼굴에까지 먹칠하려고 개수작이야?"

"먹칠은 이미 감독님 본인이 셀프로 하시지 않았나요?"

"그거랑 이게 같아?"

잠시 침묵하던 놈이 되물었다.

"뭐가 다르죠?"

19. 달리 인

 말문이 턱, 막혔다. 울화가 목젖까지 치밀었지만 딱히 반박할 말이 떠오르지 않았다.
 "2번이 싫다면 1번 선택하시고 잊어버리세요. 판노라의 상자는 그대로 닫아 두면 아무 일도 일어나지 않으니까요."
 과연 그럴까?
 "니가 이미 열어버렸잖아, 판도라의 상자."
 "헛소리라면서요? 미친놈 헛소리라 웃어넘기고 1번 선택하세요. 자, 10초 드리겠습니다."
 이놈, 나를 가지고 놀고 있다. 더는 놈에게 놀아나지 않기로 결심하고 외쳤다.
 "1번!"
 그래, 1번이다. 내가 2번을 고를 줄 알았겠지만 뒤통수는 나도 칠 줄 안다.

"좋습니다. 그럼 기우철 씨에게 연락부터 하시죠."

놈이 전화를 끊었다. 하지만 한동안 머릿속이 복잡해 우철에게 전화할 기분도 들지 않았다. 꾸역꾸역 나를 집어삼키는 식충식물에게 붙들려 소화액에 온몸이 눌어붙은 곤충이 된 기분이었다. 정말이지 더러웠다.

"좆같은 새끼!"

주먹으로 경적을 퍽퍽 내리쳤다. 그래도 분이 풀리지 않았다. 하지만 이렇게 마냥 목적도 없이 도로를 빙빙 맴돌 때도 아니었다. 우철에게 전화를 걸었다. 신호가 두어 번 가다 끊겼다.

"뭐야……."

다시 걸었다. 역시 마찬가지였다. 시계를 보니 오후 2시 23분이었다.

"아직도 자나……?"

우철은 소설가였다. 밤낮이 바뀐 생활을 하니 아직 일어나지 않았을지도 모른다. 하지만 내가 아는 우철의 하루는 루틴이 일정한 편이었다. 오전 늦게 일어나 서너 시간 작업하고 오후에 운동이나 취미 생활을 하는 식. 다시 전화를 걸었다. 이번에는 신호가 몇 번 울린 뒤 우철의 목소리가 들렸다.

"어, 필규야. 바쁜 감독님이 어쩐 일로 먼저 전화하셨대?"

"그냥 근처 지나가다 생각나서……. 잘 지내?"

"나야 늘 똑같지. 작업하고 밥 먹고 운동하고 술 먹고 잠자고……."

"전화 안 받던데……?"

"아…… 작업 중이라 무음으로 해놨거든."

"무음이라 못 받으면 음성사서함 나올 때까지 신호 가지 않나? 두어 번 가다 끊기던데?"

번번이…….

"아…… 한참 중요한 대목 쓰던 중이라 무조건 수신 거절부터 눌렀거든. 니 이름 뜬 것도 못 봤다, 야."

"아, 그래? 그런 줄도 모르고 내가 방해했네. 미안하다. 일해, 그럼."

"아냐, 막 다 끝냈어."

어쩐지 뭐가 석연치 않았다. 1번을 택한 이상, 맞짱을 뜨든 뭘 하든 우철을 만나야 했다.

"아, 끝났어? 하긴 니 루틴이 딱 이때쯤 일 끝내고 쉴 타이밍이긴 하지. 그럼 다행이네. 나 오랜만에 일정이 없어서 너네 집 근처까지 온 김에 너 좀 보러 갈까 하는데…… 어떻게, 시간 괜찮아?"

"어……? 바쁜 감독님께서 일개 작가 보러 누추한 동네에까지 행차하시겠다고?"

어쩐지 당황한 기색이었다.

"어, 곤란해?"

"좀……. 선약이 있어서……."

"그래? 몇 시에?"

"세 시에……."

"그럼 그 전에 잠깐 얼굴이나 보자."

"지금 나가야 하는데?"

"딱 10분이면 돼. 너한테 전해줄 것도 있고……."

"전해줘? 뭘?"

"우리 졸업앨범."

전화기 너머로 잠시 정적이 흘렀다.

"여보세요? 우철아?"

"어, 말해."

"니 졸업앨범 말이야. 지금 내가 갖고 있거든."

또 한 번의 정적.

"그걸 니가 왜……?"

"아, 아까 지훈이 만났는데 니가 걔네 집에 이거 놓고 갔다며?"

우철은 부정하지 않았다. 지훈의 말이 사실이 아니었다면 무슨 소리 하느냐고 펄쩍 뛰었어야 했다.

"나한테 그러던데? 너 만날 일 있으면 꼭 좀 전해달

라고……."

"바쁜 너한테 굳이……?"

우철의 목소리가 점점 싸늘해졌다. 지훈의 말대로 졸업앨범을 난도질한 장본인이 정말 우철이라면 나를 만나기가 영 껄끄러울 터였다. 하지만 상황이 이렇게 된 이상 억지로라도 우철을 만나야만 했다.

"아, 오늘은 안 바빠. 업무용 폰도 아예 집에 놓고 왔어. 딱 오늘 하루만 열 일 제쳐 놓고 옛날 친구나 만나면서 충전 좀 하려고. 그동안 너무 달렸더니……."

오늘 내내 밸런스 게임으로 달리는 중이긴 하다만…….

"그래? 잘 생각했네. 가끔은 다 내려놓고 쉴 때도 있어야 번아웃이 안 온다더라. 그럼 어떻게…… 바로 오려고?"

못내 떨떠름하지만 딱히 거절할 명분이 없어 마지못해 승낙하는 기색이었다.

"바로는 힘들고 한 20분 정도 걸릴 거 같은데?"

거짓말이었다. 고등학교 졸업한 지 20년이 지난 지금도 지훈과 우철을 꾸준히 만났던 이유는 셋의 집이 차로 불과 20분 거리밖에 안 되는 홍주에 있었기 때문이었다. 지금 내 차가 달리는 지점에서 우철의 집까지는 길어야 5분……. 예정보다 더 일찍 찾아갈 속셈이었다.

"야, 그러지 말고 중간 지점에서 보는 건 어때? 카페 카르마나……."

그 순간, 하마터면 억 소리를 지를 뻔했다. 우철에게 차마 사실대로 털어놓을 순 없지만 다시는 그리로 가지 못할 터였다. 설마 벌써 뭔가 낌새를 눈치챈 건가? 아니면 지훈이가 죽기 전에 연락이라도 했나?

"왜?"

"집을 안 치워서 지금 난장판이거든."

혹 지훈의 사건으로 경찰이 우철에게 연락한다 해도 벌써 했을 리는 없었다. 지훈의 전화기도 내 손에 있으니까…….

"야, 괜찮아, 괜찮아. 지훈이네 집만 하겠어?"

무심코 말하고 나서 아차 싶었다. 방금 지훈이 죽었다는 사실이 떠올라 얼른 화제를 돌렸다.

"그리고 니 반려견…… 그 비숑 이름이 뭐였지?"

"다롱이?"

"맞다, 다롱이. 걔도 안 보니까 이상하게 보고 싶더라?"

친구의 반려견이 보고 싶다니……. 말도 안 되는 핑계였다. 전부 우철의 집에 가려는 구실에 불과했다.

"아…… 그럼 2시 50분에 보자, 우리 집에서."

"2시 50분, 오케이!"

"그럼 슬슬 준비할게. 나도 집 좀 치워야겠다. 새끼, 아무튼 뜬금없다니까."

"내가 원래 좀 그렇잖아."

"그래, 너야 유명했지. 고등학교 때부터……."

"뭐가?"

"멋대로 하는 거."

"내가 그랬어?"

"졸라……. 20분 뒤에 보자."

우철이 전화를 끊었다.

"새끼…… 욕까지 하고 있어."

막판의 욕설이 마음에 걸렸지만 이제 우철을 만나야 할 타이밍이었다.

"뭔가 있긴 있구나, 너도……."

원한? 억하심정? 어쩌면 둘 다. 교차로 신호에 걸려 정차하자 조수석에 던져두었던 졸업앨범부터 집어 들고 다시 살폈다. 우리 반 전체를 둘러보았지만, X자 낙서와 불똥 테러까지 받은 동급생은 오직 나뿐이었다.

그런데 아까는 미처 못 봤는데 누군가의 사진이 뭉텅 찢겨나간 귀퉁이가 보였다. 반 단체 사진에서도 유독 그 친구로 보이는 얼굴만 동그랗게 도려내지고 없었다.

"누구지……?"

빵! 빠앙! 뒤에서 들려오는 경적이 깜짝 놀라 고개를 들어보니 직진 신호로 바뀐 신호등이 보였다. 우철의 집에 거의 와갈 즈음, 모로스에게 전화가 걸려 왔다.

"잘하셨습니다."

"뭘?"

"기우철 씨 만나기로 하신 거요."

"잘한 건가?"

"아직까지는요."

"시간이 얼마 없어. 경찰 수사 시작되면 내가 지훈이랑 찍힌 엘리베이터 CCTV도 증거로 나올 테고 나도 용의선상에 오를 테니까."

"감독님이요?"

"그럼 누구겠어?"

"아귀 그놈도 내 이름까지 아니 분명 나한테 불리하게 진술할 테고……."

"감독님 도와준 강충열 순경이 뭔가 정상참작이라도 해주지 않을까요?"

고양이 쥐 생각해주고 있네.

"다 끝나면 내가 내 발로 경찰서에 찾아갈 거야."

그전에 민서부터 구하고 널 죽여야겠지만…….

"게임 다 끝내면 민서 무사히 보내주겠단 약속, 꼭 지키는 거지?"

"약속은 지킵니다. 감독님께서 끝까지 게임만 완수하신다면요."

"알겠어."

우철의 동네 어귀에 접어들면서 속도를 줄였다. 우철의 집은 부모에게 물려받은 2층짜리 단독주택이었다.

십여 미터 떨어진 주차구역에 차를 대고 막 차에서 내리려는데 우철의 집 대문이 열리고 누군가 계단을 뚜벅뚜벅 내려왔다.

그 사람을 본 순간, 심장이 멎는 듯한 충격에 눈앞이 새하얗게 바랬다.

20. 플래시백

아내였다.

내 아내이자 민서의 엄마, 이다연이 우철의 집에서 나왔다. 게다가 우철도 그 뒤를 따랐다.

도대체 왜……?

집들이 때나 친구들 만날 때 더러 함께 얼굴을 본 적은 있었다. 하지만 평일 대낮에 아내와 우철이 단둘이 만날 만큼 친한 사이는 아니었다. 절대…….

'장담하지 마. 장담할수록 그대로 안 되는 게 인생이니까.'

내 굳은 믿음이 산산이 부서진 순간, 내 목소리가 나를 비웃듯 부메랑으로 돌아왔다. 아내와 우철이 나를 알아볼세라 얼른 운전석 아래로 몸을 낮췄다. 그러고는 차창을 한 뼘쯤 밑으로 내렸다. 십여 미터밖에 떨어지지 않은 거리라 둘이 나지막하게 주고받는 목소리가 들려왔다.

"얼른 들어가. 그 사람이랑 마주치면 난리 나니까."

반말, 아내가 우철에게 반말했다. 내가 있는 자리에서는 우철에게 늘 존대했던 아내였다. '그 사람'이란 분명 나를 가리키는 말일 테고······.

"아직 시간 있어. 20분 있다 온댔으니까······. 너무 아쉽네, 같이 더 있고 싶은데."

"됐어."

"설마 그 친구······ 우리 사이 눈치챈 건 아니겠지?"

'우리 사이'란 우철의 말에서 확실해졌다. 아내와 우철은 불륜 관계였다. 놈이 여섯 번째 밸런스 게임에 왜 우철과 아내를 묶었는지 이제야 알 만했다.

"1번, 기우철 씨랑 일대일로 맞짱 뜨기. 2번, 감독님 아내의 외도 현장 급습하기."

1번을 택했든 2번을 택했든 결과는 똑같은 선택지였다. 아내의 외도 상대가 우철이었으니까.

"아닐 거야, 그런 낌새도 전혀 없었고 그렇게 눈치 빠른 사람도 아냐, 절대."

아내의 대답이 더 뼈아팠다. 역시 절대 아니라고 장담한 일일수록 더 어긋나기 십상이었다. 판도라의 상자를 열어 버렸다. 생판 모르는 남도 아니고 하필이면, 하필이면······.

"그래도 늘 불안불안해."

"난 더하니까 얼른 들어가기나 해."

"뽀뽀 한 번만……."

"미쳤나 봐, 여기서……."

"왜, 스릴 있잖아?"

둘이 연인처럼 속살거리는 소리를 들으면서 갈비뼈를 뚫고 나올 듯 쿵쾅거리던 심장이 차갑게 식었다. 트렁크에 무기가 더 없었던가? 아니다. 우철 정도야 무기 따위 없이 맨손으로도 너끈하다. 어쩐지 이번 밸런스 게임은 기꺼이 완수할 듯했다. 차 문을 벌컥 열고 내려 두 사람에게 다가가며 외쳤다.

"보기 좋네, 두 사람."

나를 돌아본 두 사람의 두 눈이 휘둥그레지고 얼굴이 하얗게 질렸다.

"피, 필규야……."

"아, 둘만의 오붓한 시간 방해해서 미안. 차가 안 막혀서 좀 일찍 왔네."

"여보, 오해하지 마. 내가 여기 온 건……."

손사래 치며 변명을 늘어놓으려던 아내의 말을 끊었다.

"오해 안 해. 오해는 잘못 해석할 여지가 있을 때 하는 거지. 이렇게 명백한 상황에는 오해가 아니라 이해를 해야지, 안 그래? 둘이 밀접한 사이란 사실의 이해."

"자기야, 내 말 좀 들어봐."

"어, 잘 들어볼 테니까 밖에서 남들한테 험한 꼴 보이지 말고 들어가서 들어보자."

내가 우철의 집 계단으로 오르며 말하자, 우철은 의외로 담담히 내 뒤를 따랐다.

"그래, 들어가서 얘기하자."

널찍한 정원을 지나 현관으로 들어설 때까지만 해도 유지했던 평정심은 훤히 문이 열린 침실의 헝클어진 침대를 본 순간, 박살 났다.

"왜 전화를 자꾸 안 받고 수신 거절하나 했더니 내가 두 사람만의 오붓한 시간을 방해한 거였네. 그렇지?"

"아냐, 자기야. 자기가 생각하는 그런 거."

"정말 없었어? 양심에 손을 얹고?"

아내와 나 사이에 우철이 끼어들었다.

"있었어, 니가 생각하는 그런 거."

"그래, 그렇게 나와야 쓸데없는 말이 안 길어지지. 언제부터였어?"

"일단 앉아, 여보. 앉아서 얘기해."

아내가 거실 한가운데 놓인 소파를 가리키며 말했다.

"내가 여기 앉을 일은 지금도 없고 앞으로도 없을 거야, 절……."

'절대'라고 말하려다 관뒀다. 우철의 반려견 다롱이 멋모르고 꼬리를 흔들며 다가오더니 아내에게 안아 달라고 팔짝팔짝 뛰었다.

"다롱이가 자기를 잘 따르네? 자주 왔나 봐, 여기."

"그래, 자주 왔어, 너 촬영 갔을 때."

"그만해, 좀!"

아내가 목청을 돋워 우철을 말렸지만 우철은 다롱이를 서재에 데려다 두고 오더니 내게 당당하게 맞섰다.

"아니, 난 더 해야겠어."

"고맙다, 우철아. 넌 역시 내 절친이다. 찐친! 나 촬영 다닐 때마다 우리 와이프 외로울까 봐 옆에서 힘이 돼 줬구나?"

며칠 전 단톡방에서 우철이 툭 던진 말도 이제야 그 의미가 다르게 느껴졌다.

우철	민서 보니 엄마 닮아 벌써 미모 뿜뿜하더만

어쩌다 아내 이야기가 나올 때마다 우철이 늘 칭찬 일색이었던 이유도 이제야 확실해졌다.

"왜 진작 말 안 했어?"

"미안해, 여보. 입이 열 개라도 할 말 없네."

"아하, 입이 열 개라도 할 말 없어서 진작 말 안 한 거야?"
"내가 하지 말라고 했어."
우철이 또 끼어들었다. 그 순간 자제력이 날아가 우철의 입에 주먹을 날렸다. 퍽! 내 주먹은 정확히 우철의 입에 명중했다. 입을 감싸 쥔 우철의 손 틈으로 피가 흘러나왔다.
"우철 씨!"
아내의 걱정 어린 외침도 때린 내가 아니라 맞은 우철에게로 향했다. 아내의 마음속에 누구의 비중이 더 큰지 짐작이 가고도 남는 상황이라 씁쓸했다.
"미안한데 우철아, 너한테 물어본 거 아니잖아. 근데 왜 자꾸 끼어드냐. 안 그래도 기분 좆같은데……."
내내 억눌렀던 자제력이 사라지자 아까 지훈과 싸울 때 느꼈던 광기와 살의가 되살아났다. 또 한 번 우철의 턱에 주먹을 날렸다. 우철이 뒤로 벌렁 나가떨어졌다. 그대로 달려가 발길질을 날리며 미친 듯이 우철을 짓밟았다.
"자기야! 그만 좀 해! 야, 정필규!"
아내가 내 앞을 가로막으며 나를 뜯어말렸다.
"그만하면 뭘 할까? 우리 마누라 외로움을 물심양면으로 덜어줘서 좆나게 고맙다 친구야, 그랜절이라도 박을까?"
"비꼬지 좀 말고!"
아내를 거칠게 옆으로 밀쳤다.

"아무리 궁해도 그렇지, 내 친구랑은 좀 아니지 않냐?"

몸을 일으키는 우철에게 내가 또 달려들려던 순간, 아내가 바락 외쳤다.

"배우랑은 괜찮고?"

순간, 멈칫했다. 동작을 멈추고 아내를 돌아보았다.

"난 뭐, 모를 줄 알았어? 최은비랑 당신 관계……."

"그걸 어떻게……."

얼빠진 내 얼굴을 한숨지으며 바라보던 아내가 외쳤다.

"당신만 모르는 줄 알았지, 주변 사람들 다 알았어. 다 티 났다고!"

"그래서, 복수한 거야?"

거실 바닥에서 몸을 반쯤 일으킨 우철이 또 끼어들었다.

"내가 좋아했어! 너랑 결혼하기 전부터……."

"뭐……?"

"다연 씨 너랑 사귈 때부터 내가 좋아했다고……."

또 하나의 판도라의 상자가 열렸다. 이것도 다 모로스의 시나리오였을까?

지훈	떡상하는 덴 수십 년 걸려도 나락 가는 건 순식간이야

지훈의 그 예언이 하루아침에 실현되었다. 온몸의 힘이 쭉 빠져나갔다. 자리에 주저앉으려는 다리에 힘을 꾹 주며 우철에게 물었다.

"그래서? 내내 눈독 들이다가 절호의 기회가 왔을 때 얼씨구나 하고 고백이라도 했냐? 개만도 못한 새끼……."

우철의 입에서 낯선 이름이 흘러나왔다.

"희정이……. 희정이는 기억하냐?"

"희정인 또 누구야."

"역시 넌 기억 못 하는구나. 고등학교 때 내가 좋아했던 애…….."

"니가 고딩 때 누굴 좋아했든 말든 내가 뭔 상관인데?"

"너랑도 밀접한 상관이 있었으니 하는 말이야. 매일 버스정류장에서 마주치는 개한테 고백할까 말까 망설이면서 너한테 상의했을 때 니가 그랬잖아, 개랑 다리 놔주겠다고……."

전혀 기억에 없는 일이었다.

"하, 진짜 웃긴다 니들. 너나 지훈이 새끼나 기억도 안 나는 옛날얘기 들먹이며 은근슬쩍 악용하는 거 진짜 좋아한다? 요새 레트로가 트렌드라더니 그거야?"

"그래, 레트로다. 과거를 기억 못 하니 니가 무슨 개짓거리를 했는지도 모르겠지. 그래서 말해주는 거야. 이참에 니 선택적 기억상실을 고쳐주려고……."

"하, 아직 혓바닥은 멀쩡해서 주둥인 잘 놀리네?"

"희정이랑 다리를 놔주겠단 니가 오히려 희정일 보고 돌변했어. 그때 희정일 보던 니 눈빛이 지금도 내 기억엔 생생해. 끔찍할 정도로……."

"지랄하네, 뭔 과잉기억증후군이냐? 고릿적 시절 눈빛까지 기억한대."

내가 헛웃음을 터뜨리자 우철이 버럭 고함을 내질렀다.

"기억 못 할 수가 있겠어? 그때 그 핑계로 희정이한테 접근해서 결국 개랑 한동안 사귀었는데……. 바로 정필규 니가!"

21. 로우 앵글

내가……?

미친 듯이 기억을 더듬자, 망각의 강 깊숙한 바닥에서 희미한 얼굴 하나가 떠올랐다. 유난히 얼굴이 하얗고 미소가 예뻤던 얼굴. 하지만 이목구비는 여전히 흐릿했다.

"다리 놔준단 말은 입 싹 닦고 학교 와서 우리한테 걔랑 키스했네, 태극기를 꽂았네, 자랑삼아 떠벌릴 때 정말 죽여 버리고 싶었다."

"죽이지 그랬냐?"

"내가 너를……? 맞아 죽을 일 있냐? 그때 넌 학교에서 아무도 못 건드리는 폭군이었어. 너한테 한번 잘못 찍히면 졸업할 때까지 두고두고 집요하게 괴롭혔으니까."

"야, 옛날에 그 정도도 안 놀았으면 그게 오히려 등신 아니야?"

"그건 당신 생각이지."

이번에는 아내가 불쑥 끼어들었다.

"뭐?"

기억에도 없는 옛날이야기를 야금야금 들추는 우철보다 싸늘한 투로 우철의 편을 드는 아내가 더 미웠다. 의기양양해진 우철이 말했다.

"세상 누구도 너처럼 악랄하고 잔인하게 사람 괴롭히며 놀진 않아."

"와, 피해자 코스프레 오진다, 너? 너도 같이 놀았잖아. 지훈이랑 나랑……. 우리끼리 '과현 3인조'라고 부르고 다녔잖아? 과잉기억증후군이 그건 또 기억 못 하는 건 아니겠지?"

"당연히 기억하지. 근데 지훈이랑 난 니 친구가 아니라 부하였어. 과현고 폭군 정필규의 따까리, 충직한 사냥개!"

"너나 지훈이나 자꾸 사냥개, 사냥개…… 하는데 도대체 내가 누굴 사냥했다는 거냐?"

"너한테 개긴 애."

"아, 그러니까 구체적으로 누구?"

우철이 정색하며 되물었다.

"진짜 기억 안 나?"

"기억 안 난다고, 하나도!"

"역시 가해자들은 싹 다 잊어버리는구나. 때린 놈은 다릴

못 뻗고 자도 맞은 놈은 다릴 뻗고 잔다더니…… 헛소리였네. 그 속담도 분명 때린 놈이 만든 거야."

"그래, 때린 놈이 다리 뻗고 자서 좆나게 미안한데, 마른오징어 쥐어짜듯 기억을 쥐어짜 볼 테니까 어디 말해 봐, 여기서 누군데?"

손에 든 졸업앨범을 우철 앞에 내동댕이치며 턱짓했다. 거실 바닥에 나뒹구는 졸업앨범을 내려다본 우철이 피식 웃었다.

"웃어? 웃기냐?"
"어, 좀 웃긴다."
"뭐가?"
"오기 전에 앨범 펼쳐봤지?"
"그래, 봤다."
"뭐 이상한 거 없었어?"
"내 얼굴에 테러한 거?"
"그건 내가 한 거고……."
"우리 반 페이지 귀퉁이에 모서리 잘려 나간 거?"
"그래, 잘려 나간 개가 바로 니 사냥감이었어."
"그것도 니가 한 거야?"
"아니, 난 그대로 넘겨받았어."
"넘겨받다니…… 이 앨범 니 거라며?"

"아닌데?"

"그럼 누구 건데?"

"걔 거……."

"너 왜 자꾸 짜증 나게 말을 빙빙 돌리냐? 똑바로 말해 봐, 걔가 누구냐고?"

"말 못 해."

"왜 못 해?"

우철은 입을 다물었다.

"야, 야! 묻잖아?"

"니가 스스로 기억해낼 때까지 말 안 하는 게 규칙이니까."

"규칙? 무슨 규칙?"

또다시 묵묵부답.

"말 안 하겠다? 그럼 한번 처맞아 봐, 말하고 싶어질 때까지……."

우철에게 성큼성큼 다가들던 순간, 등 뒤에서 아내가 외쳤다.

"그만하랬지?"

돌아본 순간, 시퍼런 불꽃이 눈앞에 와락 다가들었다. 작년 아내 생일에 내가 호신용으로 선물한 전기충격기였다. 예기치 못한 일격에 비명을 지르며 그대로 쓰러졌다. 온몸을 꿰뚫는 전류의 위력에 옴짝달싹하지 못하고 한동안 눈을 까뒤집었다.

"잡아!"

우철의 외침에 아내가 나를 붙들었고, 우철이 휴지로 내 입에 재갈을 물렸다. 오늘이 뒤통수 맞는 날이긴 했지만, 아내에게까지 뒤통수를 두 번이나 맞게 될 줄은 미처 몰랐다.

주방 싱크대에서 가져온 은박테이프로 내 입을 봉한 우철이 나일론 줄로 내 온몸을 칭칭 묶어 옴짝달싹 못 하게 했다.

"의자!"

내 양팔을 붙들고 주방으로 나를 죽 끌고 간 두 사람이 나를 의자에 앉혔다. 의자 다리에 케이블타이로 내 발목까지 묶은 우철이 가쁜 숨을 몰아쉬며 나를 내려다보았.

전기충격이 가시자, 분에 못 이겨 두 사람에게 고함을 내지르려 했지만 나오는 소리라곤 꽉 막힌 신음뿐이었다. 나를 내려다보는 두 사람의 얼굴은 싸늘하기 그지없었다.

"여전하구나, 넌. 공식 석상에서는 그래도 꽤 젠틀한 척하길래, 정필규 철들었나, 내심 갸웃했는데 역시나 이미지 메이킹이었네. 하긴 우리 아버지가 그러더라. 죽었다 깨어나도 안 변하는 게 세상에 두 가지 있는데 하나가 사람이고, 하나가 인간이라고⋯⋯. 사람 안 변한대, 절대."

절대 없을 거 같지? 장담하지 마. 장담할수록 그대로 안 되는 게 인생이니까. 살면서 호언장담이 통하는 유일한 경우가 뭔 줄 알아? 너나 내가 언젠가는 반드시 죽는단 거.

"그래, 니 말이 맞아. 사냥개니 뭐니 해도 피해자 코스프레지. 나도 엄연히 가해자니까. 그래서 평생 반성하면서, 누구처럼 어디 가서 헌신하겠네, 공헌하겠네, 헛소리 지껄이는 거 절대 안 하려고……."

영종상 시상식 때 내 수상 소감을 두고 하는 말이었다.

"아, 하던 얘기 계속할게. 희정이 얘기……."

뭐야, 다 끝난 거 아니었어?

"너 모르지? 희정이 죽었어, 3년 전에. 자궁경부암으로……. 내가 어떻게 아는지 궁금하지? 그때 나랑 사귀었거든. 평생 못 잊고 지내다 수소문해서 간신히 다시 만났어. 그때 솔로란 말 듣고 얼마나 반갑던지……. 근데 사귀고 나서 얼마 못 살았다."

희정이라는 이름도 이제야 기억났지만 우철이 희정과 사귀었단 소리도 금시초문이었다.

"희정이가 죽기 전에 남긴 말이 있어. 고딩 때 니 애 가진 적 있다고……."

사람 꼴이 우습게도 아내 눈치부터 살피게 되었다. 내 눈길을 본 우철이 코웃음 쳤다.

"꼴에 다연 씨 눈치는 보이나 보지? 걱정 마, 다연 씨도 아는 얘기니까."

아내는 무표정으로 긍정을 대신했다. 마음 같아서는 우철의 입을 틀어막고 닥치라고 외치고 싶었지만, 폭로는 무자비하게 이어졌다.

"너 희정이랑 사귀고 몇 달 안 지나서 애들한테 낙태 비용 뜯고 다닌 거 기억 나냐? 희정이 애 가졌다고……. 그리고 딱 그때쯤 니가 우리한테 하소연한 거 기억 나? 아, 물론 정필규 특, 기억 안 나겠지. 너 그때 성병 걸린 거 같다고 그랬어. 근데 희정이한테도 옮긴 거 같다고……."

어렴풋이 기억이 되살아났다. 그저 여자라면 눈이 돌아가서 아무나 만나고 다녔던 시절.

"희정이 사귀는 중에도 닥치는 대로 놀리고 다닌 대가였지. 그래, 니 말대로 그맘때 그 정도도 안 놀았으면 그게 등신인지도 모르지. 문제는 니가 그걸 희정이한테 옮겼단 거야. HPV 바이러스!"

내가……?

"자궁경부암 유발 원인 중 99.7퍼센트로 알려진 인유두종 바이러스를 희정이한테! 그 HPV 감염이 몸에서 자궁경부암으로 발전하는 데에 얼마나 걸리는 줄 알아? 10년 이상이야. 평균 15.6년! 희정이가 서른셋에 죽었으니 웬만큼 타이밍이 맞아떨어지지?"

아내의 얼굴이 무표정에서 혐오로 일그러졌다.

그게 나 때문이란 증거 있느냐고 따지고 싶었다.

"아, 물론 희정이 죽은 게 너랑 상관없을 수도 있어. 하지만, 상관있을 가능성이 더 크다 이 말이야."

우철의 스마트폰이 진동했다. 전화기를 들여다본 우철의 얼굴이 굳어졌다. 한동안 그것을 바라보다 전화기에 뭐라 입력한 우철이 전화를 바지 호주머니에 집어넣었다.

"할 말은 더 많다만 이만 줄이고……."

우철이 뭐라 말하려는데 아내가 내게 물었다.

"민서는? 차에 있어?"

끝내 올 것이 와 버렸다. 더는 거짓말로 덮을 수도, 덮을 여력도 없었다. 체념한 기분으로 고개를 가로저었다.

"뭐야, 당신이 데리고 있다며?"

아내가 내 입에서 테이프를 떼어내고 휴지 뭉치도 빼냈다.

"말해 봐, 민서한테 무슨 일 있어?"

"미안해…… 당신한테 거짓말했어."

"거짓말?"

아내의 얼굴에서 핏기가 가셨다.

"무슨 일인데? 말을 해봐, 응?"

"민서 지금……."

내가 사실대로 털어놓으려던 순간, 아내 뒤로 다가든 우철이 잽싸게 아내의 목에 팔을 휘감더니 목을 조르기 시작했다. 백 초크였다. 숨이 막혀 눈을 부릅뜬 아내가 우철의 팔뚝을 붙들고 다리를 버둥거렸다. 아내의 얼굴이 붉게 달아올랐다.

22. 페이드 아웃

"야, 이 개새끼야! 뭐 하는 거야? 풀어, 안 풀어?"

의자에 묶인 채 온몸을 들썩이며 부르짖었다. 우철이 내게 억하심정이 있을 줄은 짐작했지만 아내에게까지 이런 짓을 할 줄은 몰랐다.

"안 죽여! 잠깐이면 돼! 기절만, 기절만 시킬 거야."

빨개진 얼굴로 버둥거리던 아내가 끝내 축 늘어지자, 우철이 아내를 바닥에 눕혔다.

"뭐 하는 짓이야, 이 미친 새끼야!"

"하아, 거 더럽게 시끄럽네."

내가 의자에서 발버둥 치기 시작하자 우철이 다시 내 입에 재갈을 물렸다.

"우리 어디 좀 가야 되거든. 그러니 한숨 자라. 너도 재워줄게."

우철이 내 뒤로 돌아오더니 내게도 백 초크를 걸었다. 컥 소리가 나며 숨이 턱 막혔다.

"그건 기억나지? 너 이종격투기 배웠다고 우리 셋이 만났을 때 시범 보여준다고 나한테 이 기술 걸었던 거. 그때 나 기절까지 했잖아. 당할 땐 기분 좆같았는데 배워 두니 이럴 때 요긴하게 써먹네. 백 초크로 흥한 자, 백 초크로 망하는……."

귀청의 볼륨을 줄인 듯 우철의 말이 중간에 끊겼다. 경동맥이 짓눌린 탓에 눈앞이 금세 캄캄해졌다. 어둠과 망각이 눈앞을 덮쳤다.

"……약속하는 거지?"

흐릿하게 정신이 들었을 때 옆쪽에서 우철의 목소리가 들려왔다.

"그래, 알았어."

눈을 떴지만 앞은 여전히 캄캄했다. 내 머리에 씌워진 검은 두건 때문이었다. 나는 양손이 뒤로 묶인 채 어딘가에 엎드려 있었다. 바닥이 딱딱한데 배 쪽에 불룩한 턱이 느껴지고 몸이 이리저리 흔들렸다. 달리는 차의 바닥……? 그렇다면 나는 우철이 모는 차의 뒤 바닥에 모로 누워 있을 가능성이 컸다.

아내는 어떻게 되었을까?

뒤로 묶인 손을 뻗어 주변을 더듬어보았다. 두툼하고 매끈한 인조가죽 재질은 좌석인 듯했고, 그 위쪽에서 하늘하늘한 재질의 천이 손끝에 닿았다. 아내가 입은 인견 원피스……? 그렇다면 아내는 지금 뒷좌석 위에 누워 있다! 나와 아내를 태운 차를 몰고 우철이 어딘가로 가는 중이었다.

도대체 어디로 가는 거지? 예감이 좋지 않았다. 상대의 목소리가 들리지 않는데 우철만 말하는 품으로 보아 누군가와 통화 중인 듯했다. 설마…….

"다연 씨는……? 살려 주는 거지?"

살려 준다고? 그럼 나는…… 죽인다는 말인가? 심장 박동이 빨라지고 온몸에 진땀이 배어나기 시작했다. 당장 뭔가 해야 했다. 아니면 곧 죽게 될지도 모른다. 손목부터 풀어야 했다. 이리저리 비틀어봤지만, 손목을 묶은 끈이 워낙 견고해서 만만치가 않았다. 내 영화 「에리니스」의 주인공은 악당과 한패인 경찰에게 납치되었을 때 엄지 뼈를 탈구시켜 손을 수갑에서 빼내어 위기에서 벗어난다. 하지만 내게 그런 고난도의 기술이 있을 리 없었다. 힘으로 최대한 팽팽하게 당겨 단단하고 모난 데에 문지르는 수밖에 없었다. 케이블타이는 그렇게 하면 어느 순간 끊긴다는 전문가의 자문 내용이 떠올라서였다.

있었다! 좌석 슬라이딩시트의 레일 모서리. 몸을 모로 틀어 그 모서리에 죽기 살기로 케이블타이를 문질렀다. 피가 안 통해 손이 터질 듯 부풀어 오를 때까지……. 하지만 아무리 모서리에 문질러도 케이블타이는 좀처럼 끊기지 않았다. 살갗이 벗겨지면서 눈물이 나올 만큼 쓰리고 아팠지만, 손목이 끊어지더라도 케이블타이를 끊어야 했다.

문지르며 생긴 마찰열이 손목까지 전해졌다. 조금만 더…… 조금만……!

마침내 케이블타이가 툭, 끊겼다. 속으로 만세를 외치며 운전석 쪽을 돌아보았다. 눈이 환경에 익숙해지면서 두건 너머의 풍경이 흐릿하게나마 보였다. 운전 중인 우철이 눈치챌세라 숨죽여 머리에 씌워진 두건을 벗기 시작했다. 천천히…….

이마에서 송송 배어난 진땀이 얼굴을 타고 흘러내렸다. 이마까지만 두건을 벗겨낸 뒤 자리에서 천천히 몸을 일으켰다. 룸미러로 우철이 뒤를 보면 당장 들킬 상황이라 가슴이 두근거렸다. 순식간에 덮쳐야 한다. 하나, 두울, 셋!

몸을 일으키자마자 운전석 너머로 손을 뻗어 우철의 목을 백 초크로 조르기 시작했다. 백 초크로 흥한 자, 백 초크로 망할지니! 뜻밖의 기습에 놀란 우철이 이리저리 핸들을 틀었다. 차가 미친 듯이 움직이며 갈 지 자를 그렸다. 차창 너머를 보니 차가 달리는 도로는 오른편에 저수지를 낀 한

적한 국도였다.

우철이 정신을 잃는 순간, 핸들을 옆으로 틀었다. 하필 저수지 쪽이었다. 타이어가 비명을 질렀다.

"안 돼애!"

몸을 날려 핸들을 붙들려 했지만 늦었다. 덜컹, 도로 턱을 타 넘은 차가 수풀로 가득한 비탈길로 곤두박질해 저수지로 거침없이 내달렸다. 저수지가 눈앞으로 와락 다가들었다. 충격에 대비해 운전석 등받이 뒤에서 몸을 웅크렸다.

첨벙! 저수지에 대가리를 처박은 차는 순식간에 물속으로 가라앉기 시작했다. 무서운 기세로 물이 차 안으로 콸콸 쏟아져 들어왔다.

"으음……."

충격에 정신이 든 아내가 뒷좌석에서 몸을 일으켰다.

"자기야, 정신 들었어? 얼른 나가야 돼!"

재빨리 아내의 얼굴을 가린 두건을 벗겨내고 아내의 손목을 묶은 케이블타이를 풀기 시작했다.

"뭐, 뭐야? 뭐가 어떻게 된 거야?"

"내가 우철일 덮쳐서 차가 저수지에 빠졌어!"

"뭐? 암튼 대책 없어!"

화들짝 놀란 아내가 자기 발목을 묶인 끈을 허겁지겁 풀어냈다. 그 와중에도 차는 시시각각 저수지 물속으로 깊숙이 빠져들었다. 이미 앞 차창 중간까지 진녹색의 물이 찰랑 거리며 차오르고, 차 안으로 밀려든 물살도 운전석을 지나 뒷좌석까지 솟구치는 상황이었다. 발목과 엉덩이가 흥건히 젖어 들었다.

호주머니에서 스마트폰이 울렸다. 전화기를 꺼내어 보니 모로스였다. 놈과 통화할 만큼 한가한 상황이 아니었지만, 놈에게라도 도움을 구하자는 생각에 전화를 받았다.

"차가 저수지에 빠졌어! 신고 좀 해줘!"

"그건 감독님 사정이고요. 일곱 번째 밸런스 게임 시작하 겠습니다."

"미친 새끼!"

전화를 확 끊어버리려다 그 와중에도 민서가 마음에 걸 려 멈칫했다.

"1번, 기우철 씨를 버려두고 아내를 구해 차에서 탈출하 기. 2번, 아내를 버려두고 우철 씨를 구해 차에서 탈출하기. 10초 드리겠습니다."

10초가 아니라 1초 만에 결정할 선택지였다.

"말이라고 해"?

"누군데 그래? 저희 좀 살려 주세요!"

앞뒤 사정도 모르는 아내가 전화기에 대고 외쳤다.

"1번! 무조건 1번!"

"탁월한 선택입니다. 아내분 살려 달라는데 얼른 살려 주시죠."

전화가 끊겼다. 전화를 끊자마자 119를 누르다 포기했다. 아무리 빨리 출동한다 해도 구급대가 여기에 도착하려면 적어도 10분은 걸린다. 물은 삽시간에 엉덩이를 지나 가슴까지 차올랐다. 차 바깥쪽의 수위는 벌써 턱 밑까지 차오른 상황. 차문 레버를 당겨봤지만, 문이 열리지 않았다.

"이럴 때 바로 열면 수압 차이 때문에 절대 안 열린대!"

아내가 외쳤다.

"헤드 레스트!"

좌석 위의 헤드 레스트가 이런 순간에는 비상 망치 대용이 된다. 헤드 레스트를 잡아 뽑으려는데 마음이 급해서인지 잘 나오지 않았다.

"이, 이거 왜 이래."

"안 뽑혀?"

"어, 미치겠네!"

"그럼 그냥 기다려. 힘 빼지 말고 물 다 차오를 때까지!"

물이 미친 듯이 차오르는 차 안에서 차 안과 바깥의 압력이 같아질 때까지 기다리는 일은 말이 쉽지, 상상을 뛰어넘는 공포였다. 시시각각 다가드는 죽음을 기다리는 기분이었다. 아내를 돌아보며 말했다.

"미안해, 자기야."

"뭐가?"

"자기 속여서······."

"나중에 얘기해."

"다 내 업보야, 좆같이 살았던 업보······."

진심이었다.

'인과······ 인이 있었으니 지금의 과가 있는 거야.'

그 대사가 새삼 사무치게 와닿았다.

"꼭 살아서 나가자, 우리. 민서는 내가 데려올게."

"어디서? 도대체 무슨 일인데? 방금 전화한 사람은 또 누구고?"

나도 모르겠다고 하면 아내는 어떻게 생각할까.

"민서 봐주는 베이비시터."

사실은 이 모든 일을 꾸민 미친놈.

"베이비시터는 뭐야, 또."

"나중에 다 설명할게. 일단 여기부터 살아서 나가자."

"우철 씨는? 저대로 놔둘 거야?"

운전석에서 조수석 쪽으로 축 늘어진 우철은 아직 깨어나지 않았다. 이대로 두면 영영 못 깨어날 터였다. 이 와중에도 놈이 내건 일곱 번째 밸런스 게임이 마음에 걸렸다.

"우리 살기도 바쁜 상황이잖아. 자긴 나랑 우철이, 둘 중

한 명만 살려야 한다면 누굴 살릴래?"

잠시 머뭇거리던 아내가 결심한 듯 입을 열었다.

"나가자, 일단."

물이 턱까지 차올랐다. 이제 차 안과 바깥의 수위가 거의 비슷해졌다.

"셋 세고 차 문 열 테니까 그때 숨 깊이 들이마셔!"

차 뒤쪽의 에어 포켓은 이제 채 한 뼘도 남지 않은 상황이었다. 수면 위에 주둥이를 내민 물고기처럼 아내와 나는 입을 위로 내밀고 숨을 몰아쉬었다.

"간다. 하나, 두울, 셋!"

최대한 깊이 숨을 들이마시고 물속에 잠겨 들어갔다. 몸을 수그리고 차 문 레버를 당겨 보았다. 뻑뻑하나마 차 문이 조금씩 열리기 시작했다. 조금만 더…… 제발 조금만 더……!

사람이 간신히 빠져나갈 만큼 문틈이 벌어졌다. 아내부터 차 밖으로 내보냈다. 아내가 차를 빠져나가자마자 나도 차 밖으로 몸을 내밀었다. 차를 완전히 빠져나와 막 수면 위로 올라가려던 순간, 뭐가 내 발목을 덥석 붙들었다.

손이었다.

23. 페이드 인

 시뻘건 눈을 부릅뜬 채 열린 문틈으로 내 발목을 붙들고 늘어지는 우철은 물귀신 그 자체였다. 우철의 입에서 부르르 공기 방울이 쏟아졌다.

 '어딜 가?'

 소리는 들리지 않아도 우철의 벌어진 입이 그렇게 말하는 듯했다. 물속에 잠긴 시간이 길어지면서 물이 코와 입으로 밀려 들어왔다. 찌릿한 통증이 머릿속을 꿰뚫었다. 이대로 가면 둘 다 죽는다. 물이 몸속으로 빨려들수록 물에 빠져 죽는다는 공포도 커졌다.

 발목을 붙든 우철의 손을 발로 꾹꾹 내리찍었다. 그러나 발목을 붙든 완력이 워낙 드세서 벗어날 길이 없었다. 나보다 먼저 물속에 가라앉았던 우철이 허우적대며 고통에 몸부림치기 시작했다. 안전띠에 몸이 붙들린 탓에 운전석을 벗어나지도 못했다. 끝내 우철이 눈을 부릅뜬 채 마지막 숨을 길게 토해냈다. 입에서 솟구친 마지막 공기 방울이 물 위로 사라졌다.

입을 쩍 벌린 채 숨이 끊긴 우철의 얼굴은 평생 악몽에 나올 만큼 섬뜩했다. 이제 내 남은 목숨도 길어야 몇 초였다. 발목이 자유로워지자 미친 듯이 휘저어 물 위로 헤엄치려고 했다. 그러나 어쩐지 숨이 끊긴 뒤에도 우철은 내 발목을 붙든 채 놓지 않았다. 오히려 그대로 굳어버린 듯 꿈쩍도 하지 않았다. 이게 도대체 무슨 일이지?

나도 모르게 헛숨을 계속 들이켜면서 입과 코로 밀려드는 물도 많아졌다. 아무리 지옥 같은 날이었지만, 그 끝이 이런 익사 엔딩일 줄은 꿈에도 몰랐다. 이대로 죽는구나. 그제야 아내에게, 민서에게, 나에게 고통받은 모든 사람에게 비로소 죄스러워졌다. 미안했다, 정말로. 이제 죽는다고 생각하니 차라리 마음은 편해졌다.

고되고 벅찬 하루였다. 뒤로 돌린 영상처럼 하루 동안 내게 벌어진 일들이 주마등으로 눈앞을 스쳐갔다. 그 끝자락에 지훈의 집에서 봤던 화이트보드의 낙서가 떠올랐다.

'JMTㅋㅋㅋ'

건성으로 보고 넘겼던 낙서가 왜 다시금 떠올랐는지, 죽어가면서도 의아했다. 그런데 곧바로 그 이유를 깨달았다.

낙서의 내용은 'JMT'가 아니었다. 그 깨달음을 끝으로 의식을 잃었다. 마지막 감각은 뭔가 내 어깨를 붙들고 위로 끌어올리는 느낌이었다.

쿨럭, 입 밖으로 물을 게워내며 눈을 떴다. 나를 내려다보는 아내의 얼굴이 보였다.
"정신 들어?"
물을 몇 번 더 토해낸 뒤에야 정신이 완전히 돌아왔다. 주위를 둘러보니 저수지 물가였다.
"자기야…… 어떻게 된 거야?"
"어떻게 되긴……. 기다려도 안 나오길래 다시 내려가 봤지. 우철 씨 손에 붙들려서 곧 죽겠더라. 억지로 끌고 올라오느라 죽을 뻔했네. 올라와서도 안 깨어나서 CPR도 몇 번을 했나 몰라."
"고마워……."
결국 아내가 내 목숨을 살렸다.
"죽여도 시원찮을 판에……."
"쌍방 과실이니 어쩌겠어. 그래봐야 되돌릴 순 없겠지만……."
아내의 얼굴에 만감이 엇갈렸다.
맞는 말이었다. 다시 돌이키기에는 판도라의 상자를 연

대가가 너무나 컸다.

"우철이 죽었는데…… 아무렇지도 않아?"

"대답하고 싶지 않으니까 묻지도 마."

아내의 눈가에 물기가 돌았지만, 눈물인지 그냥 물인지는 모를 일이었다.

"민서 데리고 있는 사람 있댔지?"

"어? 어……."

그제야 현실 감각이 돌아왔다. 민서를 납치한 모로스와 밸런스 게임…….

"어떻게 할 거야?"

어떻게든 해야지. 일이 이 지경으로 커졌으니 끝을 봐야 했다.

"내가 민서 데려올게. 무슨 일이 있어도 책임지고……."

"같이 가."

"안 돼."

"왜?"

당신까지 위험하니까. 아내까지 밸런스 게임에 끌어들이고 싶지는 않았다.

"뭐 하러 둘이 같이 가. 이 꼴을 하고……."

우리 둘 다 물에 빠진 생쥐 꼴이었다.

"택시 불러줄 테니까 당신 먼저 들어가. 난 내 차 끌고 민서 데리고 올게."

"119라도 부르자."

아내가 저수지 쪽을 바라보았다. 저수지 밑으로 가라앉은 우철의 차가 물가에서도 희미하게 보였다.

"어차피 벌어진 일이니 사고 신고만 해줄래? 나 좀 급히 가봐야 할 거 같은데……."

"무슨 소리야?"

"시간이 없어서 그래. 좀 전에 베이비시터가 자기 급한 일 생겼다고 빨리 와 달라고 전화한 거야."

"진짜 베이비시터 맞아? 막 욕도 하던데? 미친 어쩌고 하면서……."

"아, 시간도 안 됐는데 자기 급한 일 생겼다고 무조건 오라잖아."

"1번 어쩌고는 뭐야?"

아내도 순순히 물러설 기미가 아니었다. 하긴 허술하기 짝이 없는 평계를 아내가 곧이곧대로 믿을 리 없었다.

"1번은 그거야, 내가 민서 데리러 가기. 2번은 민서 혼자 택시 태워 보내기. 그래서 내가 욕한 거야."

깊은 한숨을 내쉰 아내가 내게 손을 내밀었다.

"전화기 줘 봐."

"전화기? 왜?"

"그 베이비시턴지 뭔지한테 전화해보게……."

"자기야…… 마지막이라 생각하고 날 믿어주면 안 될까?"

"민서 때문에 그래. 민서만 아니면 당신이 뭘 하든 죽든 살든 상관 안 한다고."

"알아……."

아내가 심사숙고하며 한동안 침묵했다. 그 침묵이 견디기 어려워질 즈음 결심한 듯 아내가 말했다.

"여기 뒷수습, 내가 할게. 당신은 먼저 가."

"어……?"

"가서 민서 데려오라고."

"자기야."

"대신, 약속 꼭 지켜. 무슨 일이 있어도 책임지고 민서 데려오겠단 약속. 자기나 나는 아니지만, 민서는 죄 없으니까."

"그래, 알았어."

맞는 말이었다. 민서는 죄가 없다. 놈의 말대로 죄지은 내 딸로 태어났을 뿐이지…….

"갔다 올게."

정말 무사히 갔다올 수 있을까? 자신 없었다. 하지만 어떻게든 해야 했다. 그래, 해보자, 죽든 살든……. 결연한 마음으로 돌아선 순간, 저 멀리 달려오는 택시 한 대가 보였다. 아내를 돌아보았다. 아내가 말없이 고개를 끄덕였다. 나는 그리로 달려가며 손을 흔들었다.

"물에 빠지셨네."

우철의 집 쪽으로 가 달라 말하고 한숨 돌리려는데, 뒷좌석에 앉은 나를 룸미러로 본 백발의 기사가 넌지시 물어왔다. 대꾸할 힘도 없었지만 있는 그대로 말할 상황도 아니라서 나오는 대로 둘러댔다.

"네, 부부싸움하다 와이프가 홧김에 빠져 죽겠다고 들어가길래 붙잡다가……."

"아이고, 아내 분 성격이 불같으신가 보네. 근데 아내 분은 저수지에 두고 왔어요?"

"아, 저랑 따로 가겠다고 해서……."

"하긴 뭐, 숙려기간도 있어야지."

"그나저나 죄송합니다. 물기 때문에 시트 다 젖겠네요. 세탁비라도 드리겠습니다."

기사가 사람 좋은 미소를 지으며 손을 내저었다.

"아유, 괜찮아요. 물기야 뭐 요즘 같은 여름에 볕 쬐면 금방 가시는데 뭘……. 사람 감정이 금방 안 가셔서 문제지."

조심스레 내 눈치를 본 기사가 말을 이었다.

"그럴 땐 방법 없어요, 쌓인 거 풀고 가야지. 안 풀고 놔두면 평생 가. 여한이라는 게 돼요."

"그런가요?"

"그럼요, 왜, 풀지 못해서 남은 원한을 여한이라고 하잖아요. '죽어도 여한이 없다.' 그런 말이 괜히 있겠어요?"

"여한……"

"말도 마요, 난 돌아가신 아버지한테 걸핏하면 호되게 야단맞고 매 맞은 게 아직도 억울해서 잊을 만하면 꿈을 꿔요. 꿈에서 다시 만난 아버지한테 고래고래 소리 지르다 깬다니까요. 그때 왜 그렇게 혼만 냈냐고, 왜 그렇게 때렸냐고. 그걸 끝내 못 풀어서 마음에 여한으로 남은 거거든."

"그런가요."

풀지 못한 원한……. 우철의 말대로 나는 '맞은 놈'의 여한을 몰랐던 '때린 놈'일까. 함께 '때린 놈'들에게마저 '때린 놈'으로 기억되는, 때려죽일 놈. 그 대가를 오늘에야 치르는 셈일까.

이제 '과현 3인조'에서 나만 남았다.

오늘 반나절 만에 지훈이 죽었고, 우철마저 죽었다. 게다가 지훈과 우철이 죽는 현장마다 내가 있었다. 지훈의 죽음은 돌발 상황에 가까웠지만 우철의 죽음은 내 탓에 가까웠다. 내가 백 초크를 거는 바람에 차가 저수지에 빠졌으니까. 일곱 번째 밸런스 게임 때문에 우철이 죽게 내버려 뒀으니까. 사실 우철을 죽였다고 해도 할 말이 없었다. 이제 경찰이 수사를 시작하면 내가 가장 먼저 용의선상에 오를 터였다. 과실치사까지는 아니어도 법적 처벌을 피할 길이 없었다. 그런데 우철이 운전하며 했던 마지막 통화가 못내 마음에 걸렸다.

"*다연 씨는……? 살려 주는 거지?*"

그때 우철은 통화 상대에게 약속을 받아냈다. 내가 놈에게 민서를 건드리지 말라고 약속을 받아냈듯……. 지훈도 놈과 밸런스 게임 중이었다. 그렇다면 답은 하나였다.

우철도 놈과 밸런스 게임 중이었다.

24. 카 체이스

박지훈, 기우철 그리고 나.
과연 3인조가 동시에 밸런스 게임을 진행한다?
과연 그게 가능할까?

놈에게 공범이 있다면 마냥 불가능한 일도 아니었다. 게다가 오늘 하루 동안 놈과의 통화가 끊긴 공백이 여러 번 있기는 했다. 그 공백을 활용했다면…….

생각의 흐름을 전화기 진동이 끊었다. 놈이었다. 이럴 때는 물속에 들어갔다 나와도 멀쩡한 스마트폰이 원망스러웠다. 하지만 민서가 놈에게 잡혀 있는 이상, 어쩔 도리가 없었다. 이를 악물며 전화를 받았다.

"말해."

"예상보다 대단하십니다. 일곱 번째 게임은 정말 쉽지 않았을 텐데요. 완수하신 걸로 치죠."

"인심 쓰냐?"

"네, 인심 쓰는 겁니다. 사실 감독님이 고르신 선택지 기우철 씨를 버려두고 아내를 구해 차에서 탈출하기였죠. 그런데 오히려 아내 분께서 감독님을 구해주셨으니 까다롭게 따지고 들자면 미션 완수는 아니죠. 이의 있으신가요?"

물속 상황까지 꿰뚫어 봤다고……? 이놈은 마녀의 수정 구슬이라도 갖고 있나? 아니면 내 몸에 보디캠이라도 달아놨나?

"이의 없어, 인정할게."

"오, 처음이네요. 감독님이 뭔가를 순순히 인정한 거. 밸런스 게임 솔루션이 효과가 없진 않았네요. 손톱만큼이긴 해도 나아지셨습니다."

밸런스 게임 솔루션이라니…….

"자, 그럼 질답 없는 조건으로 일곱 번째 게임은 패스하고 여덟 번째 밸런스 게임 들어가겠습니다. 1번, 과현고로 가서 제 정체 알아내기. 2번, 10분 내로 민서 찾아내기."

"뭐……?"

상상도 못 했던 선택지였다. 이놈은 내 허를 찌르는 데에 십수 년을 준비해왔음이 분명했다.

"10초 드리겠습니다."

머리로는 1번을 고르고 싶지만, 가슴으로는 무조건 2번이었다. 하지만 나는 이미 1번의 답을 알아냈다.

"나, 너 누군지 알아."

"오, 그러신가요? 제가 누굴까요?"

"조원태."

뒤통수는 나도 칠 줄 안다. 놈도 충격을 받은 듯 한동안 말이 없었다. 방금 저수지 물속에서 허우적대다 번뜩 깨달았다. 아까 지훈의 집 화이트보드의 낙서를 잘못 봤음을…….

'JMTㅋㅋㅋ'

실제 낙서는 한 끗 차로 달랐다.

'JWTㅋㅋㅋ'

확증 편향 탓이었다. 보고 싶은 대로 보는 내 머리는 그것을 아예 잊어버린 동창생의 이니셜이 아닌, 맛있는 음식을 뜻하는 비속어의 영문 약자로 받아들였다.

화이트보드에 그 낙서를 할 즈음 지훈도 놈의 정체를 알아냈음을 분명했다. 이니셜 뒤에 붙은 'ㅋㅋㅋ'은 웃겨서 붙인 초성체가 아니었다. 자신을 협박하는 조원태의 정체를 알아낸 기쁨 혹은 허세에서 비롯된 초성일 가능성이 크다.

"와우, 놀랍습니다! 감독님의 추리력이 그렇게 뛰어나실 줄은 저도 몰랐네요. 하지만 안타깝게도 매력적인 오답입니다."

놈이 침묵을 깨고 부인했지만 내가 의기양양하게 쏘아붙였다.

"거짓말하지 마. 이제 전부 다 기억났으니까. 내 앞에서 덜덜 떨면서 날 똑바로 보지도 못했던 니 그 좆같은 눈빛도, 나한테 맞을 때마다 내지르던 등신 같은 비명도 전부 다……."

사실 전부 다 기억났다는 말은 거짓말이었다. 이름과 당시 조원태의 위상은 떠올랐지만, 조원태의 얼굴만은 여전히 안개에 싸인 듯 부옇기만 했다.

"10초 진작 지났는데, 선택하셨습니까?"

"그래! 2번."

놈의 정체보다 민서 구하기가 급했다.

"2번, 알겠습니다. 말씀드린 대로 제한 시간은 10분입니다. 후하게 드렸으니 파이팅하세요."

놈이 전화를 끊자, 택시가 우철의 집 근처에 다다랐다.

"손님, 다 왔습니다."

차를 세운 기사가 룸미러로 나를 바라보았다.

"네, 고맙습니다. 모바일 결제도 되죠?"

"당연히 되죠."

전화기를 받아 택시비를 계산한 기사가 전화기를 건네며 나를 빤히 바라보았다.

"인제 보니 손님…… 여한이 있는 분이 아니라 여한을 남기신 분이네."

"네?"

"아닙니다, 아무것도…… 안녕히 가시고 좋은 하루 되세요!"

기사의 말이 어쩐지 석연치 않았지만, 이것저것 재고 따질 때가 아니었다. 택시에서 내리자마자 근처에 세워둔 내 차로 전력 질주했다. 놈은 분명 10분 내로 민서를 찾아내라고 했다. 내 주변에 민서가 있다는 의미였다. 가장 먼저 찾아볼 장소는 내 차 근처였다. 거기에 민서가 있을지도 모른다. 주차구역에 세워둔 차로 뛰어들다시피 들어가 미친 듯이 뒤졌다.

"민서야! 아빠 목소리 들리면 대답해! 말 못 할 상황이면 무슨 소리라도 내고!"

앞좌석과 뒷좌석을 샅샅이 뒤져도 없었다. 트렁크 레버를 누르고 뒤로 달려가 트렁크를 벌컥 열었다. 거기에도 없었다. 벌써 2분이 지나갔다.

"도대체 어디에 있는데?"

설마…… 우철의 집? 생각하고 자시고 할 새도 없이 우철의 집으로 내달렸다. 대문이 자동으로 잠겨 열리지 않았다. 담장이라도 뛰어넘어야 했다. 다행히 담이 높지 않아 대문

옆으로 가서 펄쩍 뛰어올라 담벼락에 매달렸다. 몇 번 헛발질한 끝에 발로 담을 딛고 타 넘었다. 정원 바닥에 내려앉으며 발목을 살짝 접질렸지만 아파할 겨를도 없었다.

"민서야! 아빠 왔다! 목소리 들리면 소리 질러! 소리 못 지를 상황이면 아무 소리라도 내!"

다행히 현관문은 활짝 열린 채 문 발굽으로 고정되어 있었다. 아까 나와 아내까지 끌고 나오며 우철이 미처 닫지 못한 듯했다.

현관문을 벌컥 열고 집 안으로 뛰어들었다.

"민서야!"

신발도 벗지 않은 채 주인도 없는 집 안을 미친 듯이 헤집고 다녔다.

"어딨어? 아빠 목소리 안 들려? 제발…… 아빠가 데리러 왔다고! 대답 좀 해!"

내 외침에 놀라 뛰어나온 다롱이가 짖어 댔다. 벽시계를 보니 이미 6분이나 지나 버렸다. 방 안 구석구석, 옷장과 욕실 욕조까지 뒤졌지만, 민서는 그 어디에도 없었다.

"씨발, 내 주변이라며! 도대체 어디에 있단 거야!"

이 집 안 어디에도 민서가 없다는 결론에 이르자, 방금 내린 택시에 생각이 미쳤다.

'인제 보니 손님…… 여한이 있는 분이 아니라 여한을 남

기신 분이네?'

 그 뜬금없는 말이 어쩌면 결정적인 힌트였는지도 몰랐다. 혹시…… 현관 밖으로 뛰쳐나왔다. 대문을 열고 거리로 나온 순간, 저 멀리 서 있는 택시가 보였다. 내가 방금 내린 택시가 분명했다.

"기사님!"

 내 외침을 들은 기사가 나를 돌아보았다.

"잠깐만요, 기사님!"

 내가 택시로 달려가자 기사가 피식 웃더니 검지를 세워 좌우로 까딱거렸다. '넌 안 돼.'라는 뜻의 몸짓 언어였다. 가슴이 철렁 내려앉았다. 기사는 나를 비웃기라도 하듯 가속 페달을 밟았다. 택시는 굉음을 내며 거침없이 멀어져갔다. 죽기 살기로 택시 뒤를 쫓아 골목길을 달렸지만 달리기로 따라잡을 속도가 아니었다.

 뭐야, 도대체……?

 그냥 지나가다 우연히 마주친 택시인 줄로만 알았다. 그런데 그 모든 우연이 실은 치밀한 시나리오인지도 모른다는 합리적 의심이 고개를 번쩍 들었다. 왔던 길로 돌아와 내 차로 뛰어들었다. 문을 닫자마자 시동을 걸고 가속 페달을 밟았다.

 부아앙!

미친 듯이 택시를 뒤쫓았다. 택시는 이 동네 지리에 익숙한 듯 거미줄 같은 골목길을 이리저리 오가며 내 차를 피해 달아났다. 뜻밖의 추격전을 벌이며 하나하나 되짚어 보았다. 돌이켜보니 놈과 통화 중일 때 기사는 잠자코 운전 중이었다. 따라서 택시 기사와 놈이 동일인일 가능성은 없었다. 하지만 기사가 놈의 하수인일 가능성은 얼마든지 있었다.

시계를 보았다. 벌써 8분 지났다.

남은 시간은 고작 2분. 사고를 내서라도 택시를 막아서 세워야 한다. 그렇지 않으면 이번 게임은 실패다. 다른 게임과 달리 민서가 걸린 게임이라 더 속이 바짝바짝 타들어 갔다.

교차로에서 무단 횡단하는 사람을 칠 뻔했다. 지그재그로 간신히 사람을 피했다. 택시가 대로로 접어들었다. 나도 대로로 접어들며 차창을 내렸다.

"차 세워요! 택시! 세우라고!"

분명 내 고함을 들었을 텐데도 택시는 아랑곳하지 않고 내달렸다. 갓길에서 택시를 잡으려는 승객이 세우라고 손짓해도 무시하고 지나쳤다. 저 멀리 횡단보도를 건너는 폐지 수집 리어카가 보였다. 택시는 리어카마저 들이받았다. 리어카가 도로 밖으로 밀려났다. 충돌 직전에 리어카 몰던 노인이 손잡이를 놓치는 바람에 다치지 않아 그나마 다행이었다.

카 체이스

"저 미친놈이!"

리어카에서 쏟아진 종이상자 더미로 도로가 난장판이 되고, 충돌 충격에 택시 범퍼와 보닛이 우그러졌다. 그래도 택시는 급발진이라도 하듯 다시 사고 현장을 비켜 달아났다.

"저놈, 분명 뭐 있어!"

내 차 뒤로 사이렌 소리가 따라붙었다.

경찰차였다.

"죽어라 죽어라 하는구나."

가뜩이나 이래저래 엮인 사건도 많은데 여기서 경찰에게 붙잡히면 끝장이었다. 그런데 경찰차가 따라오는 기세가 그다지 사납지 않았다. 오히려 내 차를 따라잡은 경찰차가 나란히 달리며 차창을 내렸다.

"뭐지……?"

처음에는 경찰차가 내 차를 세우려는 줄 알았다.

"감독님!"

경찰차 운전석의 경찰은 아까 아귀에게서 나를 구해준 강충열 순경이었다.

"어……? 강 순경님?"

"뺑소니예요, 저 택시?"

순간, 머뭇거리다 고개를 끄덕였다.

"네, 맞아요!"

거짓말은 아니었다. 차 세우라는 내 말을 무시해 리어카를 치고 달아났으니까. 경찰차도 합세해 택시를 뒤쫓기 시작했다.

"5921, 택시! 세우세요! 택시, 갓길에 정차하세요! 5921!"

택시는 강 순경이 확성기에 대고 외치는 경고도 무시했다. 둘 중 하나였다. 놈과 공범이거나 그냥 미친놈이거나. 전자일 가능성이 점점 더 커졌다.

대로를 달리던 택시가 경찰차에 따라잡힐 듯했는지 우회전하며 일방통행로로 접어들었다. 도로 위의 진입금지 표지를 무시하고 역주행한 택시가 도로변에 세워진 바이크와 킥보드를 들이받았다. 바이크와 킥보드가 공중에 붕 떠올랐다가 바닥에 우당탕 나뒹굴었다. 앞길을 가로막은 바이크와 킥보드 때문에 앞서가던 경찰차가 멈춰 섰다.

왼편으로 샛길이 보였다. 그리로 핸들을 틀었다. 샛길을 가로질러 택시 앞길을 가로막을 작정이었다.

빌어먹을 전화가 또 울리기 시작했다. 놈이었다.

"거의 따라잡았어!"

"이미 10분 지났습니다."

"쫌만 더 기다려 봐, 다 잡았다니까?"

"10분이나 드렸잖아요. 아직 못 찾으셨으니 게임 오버입니다. 정확히는 13분이나 지났습니다."

그제야 뭔가 의심이 고개를 들었다. 혹시 주변에 있지도 않은 민서를 찾아 헤매는 거 아닐까?

"내 주변에 민서가 있긴 해?"

"무슨 말씀이시죠? 저는 그렇다고 한 적 없는데요."

끼이익!

나도 모르게 브레이크를 밟아 차를 세웠다.

"그게 무슨 소리야."

"감독님께서 뭔가 오해하신 듯하니 다시 상기시켜 드리죠. 여덟 번째 게임에서 감독님이 고른 선택지는 '10분 내로 민서 찾아내기'였습니다."

"그 말이 내 주변에 민서가 있단 말이잖아?"

"이해력에 심각한 문제가 있으시군요. 제가 감독님 주변에 민서가 있다고 했나요?"

인내심의 한계를 넘어섰다.

"이 씨발놈아! 억까도 정도껏 해! 아무나 붙잡고 물어봐, 10분 내로 찾으라면 누구든 당연히 자기 주변에 있는 줄 알지."

"그건 감독님의 자의적인 판단이고요. 어쨌든 이번 게임은 실패입니다. 자, 그럼 다시……."

전화를 뚝 끊어버렸다. 거치대에서 전화기를 집어 들고 대시보드에 내리쳐 부숴버리려다 초인적인 인내심으로 참았다. 차창 밖으로 전화기를 내던져 하루 내내 나를 괴롭히고 고문해 온 저놈 목소리도 함께 날려버리고 싶었다. 하지만 민서 때문에 차마 그러지 못했다.

어차피 이렇게 됐으니 끝은 봐야 했다. 다시 가속 페달을 밟으며 샛길을 마저 가로질렀다. 샛길에서 튀어나온 내 차는 일방통행로 출구를 가로막으며 멈춰 섰다.

저만치 일방통행로를 내달려온 택시가 사납게 경적을 울려댔다. 그대로 내 차 옆구리를 들이받아 뚫고 지나갈 기세였다.

"그래, 누가 이기나 한번 해보자!"

아예 주차 브레이크도 걸어 버렸다. 안전띠를 확인하고 핸들을 꽉 붙들며 눈을 질끈 감았다. 택시가 미친 기세로 달려들었다.

끼이익!

택시가 내 차를 들이받기 직전 극적으로 멈춰 섰다. 거의 깻잎 한 장 차이였다. 뒤로 내빼려던 택시가 뒤로 달려온 경찰차에 달아날 길이 막히자 멈추었다. 경찰차에서 강 순경이 내렸다.

"아니, 낮술을 자셨나, 사고를 내셨으면 처리하고 가셔야지."

순경이 택시로 다가오며 외쳤다.

"혹시 모르니까 나오지 마시고 차 안에 계세요, 감독님!"

나와 눈이 마주친 순경이 손을 흔들고는 택시 운전석으로 다가가 차창을 두드렸다.

"기사님, 차창 내려 보세요."

기사는 순순히 차창을 내리고 얼굴을 내밀었다.

"아, 죄송합니다. 제가 사고 내고 겁이 덜컥 나서……."

"아니, 그렇다고 위험하게 뺑소니를 치시면 어떡합니까? 면허증 제시해 주세요."

"네?"

"면허증이요."

"아, 면허증이요. 가만있어 봐, 면허증을 어디 뒀더라? 어디 잘 놔뒀을 텐데……. 요새 자꾸 깜박깜박해서…… 잠시만요, 강 순경님."

강 순경님? 기사는 분명 '강 순경'이라고 했다. 성과 계급 정도야 제복에 달린 이름표와 계급장을 유심히 보면 충분히 알 만한 정보이긴 했다. 그런데 내 차에서 그 광경을 지켜보는 동안 어쩐지 불안했다. 불안감의 근원은 바로 다음 순간 그 실체를 드러냈다.

기사가 느닷없이 한 손으로 강 순경의 셔츠 자락을 그러쥐고 운전석 쪽으로 확 끌어당겼다. 기사의 손에 들린 길고 뾰족한 뭔가가 언뜻 보였다.

칼……?

햇빛에 번뜩이는 칼날이 푹푹, 섬뜩한 마찰음을 냈다. 헉, 강 순경이 입을 벌리고 바람 빠지는 소리를 냈다. 택시 옆에 서 있던 순경이 주춤주춤 중심을 잡으려다 맥없이 고꾸라졌다. 순경 제복에서 붉은 꽃이 활짝 피어났다. 피였다.

순식간에 벌어진 칼부림에 놀라 경찰차 조수석에서 선임 경찰이 뛰쳐나왔다. 그 순간 택시가 후진으로 경찰차를 들이받았다. 경찰차 차체에 선임 경찰이 부딪혀 길바닥에 나동그라졌다. 경찰차가 뒤로 밀리며 공간이 생기자, 택시가 다시 앞으로 달려와 내 차 옆구리를 들이받았다.

퍽!

그 충격에 옆 차창을 머리로 들이받았다. 차창에 금이 쩍 갔다. 머릿속이 멍해지며 고주파 음이 귓속을 꿰뚫었다.

타이어가 헛도는데도 택시는 살기등등한 기세로 내 차를 밀어붙이기 시작했다. 끝내 내 차가 옆으로 밀려 틈이 생기자 놈은 그 틈으로 빠져나갔다. 택시는 그대로 달아나 시야에서 사라졌다. 뜨끈한 액체가 얼굴 왼편을 타고 흘러내렸다. 얼굴을 만져보고서야 그것이 피라는 사실을 깨달았다. 정신이 없는 와중에서 차에서 내렸다. 현기증이 일었지만 비틀거리면서도 강 순경에게로 다가갔다.

"강 순경님! 괜찮으세요?"

강 순경은 바닥에 쓰러진 채 입만 뻐끔거렸다. 제복이 금세 피로 흠뻑 젖어 들었다. 문외한인 내가 보기에도 자상은 심각했다.

"움직이지 마세요!"

순경이 셔츠 호주머니에서 뭔가를 꺼내더니 내 손에 쥐여 주었다. 아까 내게 사인을 부탁했던 수첩이었다. 거기에 사인이 보였다. 그 아래에 내가 오늘 날짜 대신 몰래 남긴 SOS 요청도…….

C-0

코드 제로. 최고 단계의 위급 상황을 뜻하는 코드였다. 「에리니스」를 준비하며 취재했던 정보였다. 'C-0'에 그가 볼펜으로 여러 번 동그라미를 치고 느낌표를 붙인 메모가 보였다.

"보셨구나, 이걸……."

눈앞이 부옇게 흐려졌다. 유독 나와 여러 번 마주쳤던 이유가 바로 그 때문이었다. 뒤늦게 다리를 절뚝이며 달려온 선임 경찰이 어깨에서 무전기를 빼내어 들고 외쳤다.

"코드 제로, 코드 제로. 경찰 피습, 경찰 피습. 구급차 출동 요청! 구급차 출동 요청!"

경찰차에서 압박붕대를 가져온 경찰이 강 순경의 상처에 대고 꾹 눌렀다.

"충열아, 쫌만 참아!"

나 때문이다. 오늘 하루 나 때문에 여럿이 죽거나 다쳤다. 차라리 내가 죽으면 끝날까? 지훈이나 우철이처럼……? 내가 그놈을 잡아 죽이면 끝날까? 그럼 이 개미지옥 같은 밸런스 게임 지옥에서 벗어날 수 있을까?

"죄송합니다, 정말 죄송합니다!"

강 순경의 손을 꽉 잡아주고 자리에서 일어섰다. 당장 내가 할 일이라고는 놈을 뒤쫓는 일뿐이었다. 차로 달려가 운전석으로 뛰어들었다. 택시가 사라진 쪽으로 핸들을 틀고 출발했다. 택시에 옆구리를 들이받히긴 했지만 달리는 데에는 무리가 없었다. 가속 페달을 미친 듯이 밟으며 외쳤다.

"개새끼! 니가 죽든 내가 죽든 끝장을 보자!"

25. 사망 플래그

대로로 접어들자 저 멀리 달아나는 택시가 보였다. 뭐지? 진작 달아나고도 남았을 시간이었는데……? 그리로 핸들을 꺾었다.

방금처럼 섣불리 놈에게 달려들지는 않기로 했다. 나 때문에 또 무고한 희생자가 생기면 그때는 나 자신을 용서하지 못할 듯했다. 대신 최대한 신중하게 놈의 뒤를 쫓다가 결정적인 순간에 놈의 허를 찌를 작정이었다.

차창에 빗방울이 후드득후드득 떨어지기 시작했다.

또 전화가 걸려 왔다. 누군지 더는 들여다볼 필요도 없었다. 내 일상을 지옥의 구렁텅이로 내몬 사신, 모로스. 와이퍼 레버를 돌리며 전화를 받았다.

"어, 말해."

"왜 그러셨어요?"

"뭐가?"

"감독님 때문에 또 무고한 분이 다치셨잖아요."

뻔뻔스러운 놈의 말에 나도 똑같이 받아쳤다.

"아, 그러게나 말이야. 다 내 탓이지, 뭐. 내가 죽어야 하는데 자꾸 엉뚱한 사람들만 죽고 다치네. 근데 거기엔 니 책임도 있지 않나? 니 최종 타깃은 나잖아? 그런데 왜 자꾸 엉뚱한 사람들을 해쳐?"

"왜 이러세요, 감독님. 감독님답지 않게……."

"아, 나답지 않게……? 이럴 때 곧잘 나오는 클리셰 생각난다. 그치? '나다운 게 뭔데? 클리셰!'"

"잘 알죠. 정필규 감독님다운 게 뭔지도요."

"그래? 난 자기 객관화가 잘 안 돼서 모르니까 한번 말해 줘 봐."

"그럴까요? 비인간적이고 비양심적이고 가학적이고 사악하고…… 세상의 모든 나쁜 수식을 전부 다 갖다 붙여도 부족함이 없는 폐급 쓰레기."

"아이고, 완전히 뼈 맞았네. 뼈는 너무 때리지 마라. 명치를 너무 깊숙이 찔려서 숨이 막 안 쉬어지려고 그러니까. 고맙다, 일깨워줘서! 다 잊고 살았는데……."

"별말씀을요."

택시가 교차로를 지나쳤다. 신호가 막 바뀌려는 순간, 딜레마 존에 접어들었지만 얼른 가속 페달을 밟아 교차로를 벗어났다.

"원태야, 조원태! 이제 전화기 뒤에 숨어서 깨작거리지 말고 내 눈앞에 좀 나타나 주라, 응? 그래야 내가 죽든 니가 죽든 양자택일할 거 아니냐. 안 그래, 원태야?"

여태 아껴왔던 비장의 카드를 내놓았다. 잠시 침묵하던 놈이 입을 열었다.

"여덟 번째 게임 미션을 다시 드리려고 했더니 안 되겠네요. 번외 게임 어떠세요? 아주아주 특별한······."

"아, 번외 게임? 좋지! 번외 게임이든 뭐든 대환영이야. 너만 내 눈앞에 나타나 준다면······. 야, 죽은 사람 소원도 들어준다는데 산 사람 소원 못 들어주냐?"

"그게······ 소원이십니까?"

"그렇다니까? 그리고 그놈의 존댓말 좀 그만하면 안 되냐? 친구끼리 무슨 존댓말이야. 중2병도 아니고 오그라들게······."

"좋습니다. 소원이시라니 들어드리지요. 자, 이제 번외 게임. 1번, 택시 따라가서 조원태 만나기. 2번, 택시 따라가서 박지훈 씨와 기우철 씨 만나기."

"뭐······?"

오늘 하루 내가 수도 없이 되풀이해온 '뭐?'라는 반

문……. 이번에야말로 역대급 반문이었다. 한참 만에 2번의 속뜻이 지훈과 우철의 뒤를 따라 나도 죽으라는 말임을 깨달았다. 상관없었다. 지금 당장 죽는다 해도 두렵지 않았다. 다만, 죽을 때 죽더라도 놈만은 죽이고 죽고 싶었다. 하지만 1번은 정말 의외였다.

"10초 지났습니다. 선택하시겠습니까?"

"선택하고 자시고 할 게 있나? 닥치고 1번이지, 뭐."

"알겠습니다. 그럼 시작하시죠."

포커페이스의 화신처럼 감정을 숨기고 절대 드러내지 않는 놈이었다. 그렇다 쳐도 더더욱 평온하기 그지없는 방금 반응은 도리어 불길했다.

맞은편에서 사건 현장으로 출동한 구급차와 경찰차가 스쳐 지나갔다. 여차하면 경찰차가 이리로 방향을 꺾을지도 모르는 상황인데도 택시는 전혀 서두르는 기색이 없었다.

"간댕이가 배 밖으로 나왔고만."

택시는 나를 어딘가로 유인하듯 도시 외곽으로 빠져 한적한 국도를 달려갔다.

"도대체 어디까지 가는 거야?"

또 전화가 울렸다. 이번에도 놈인가 싶었는데 발신자는 아내였다.

"어, 자기야."

"어디야?"

"운전 중이야."

"어디 가는데?"

"나도 모르겠어."

"모르는데 어떻게 운전해?"

앞서 달리는 택시를 노려보며 대답했다.

"길잡이가 있어. 엄청 큰 내비게이션."

"그래? 무슨 말인진 모르겠지만 길잡이가 있다니 다행이네. 난 당신이랑 살면서 길잡이가 없어서 늘 힘들었거든. 인생에도 내비가 있다면 얼마나 좋았을까? 어디로 가야 할지 어떻게 해야 할지 몰라서 너무 힘들 때 어디로 가야 할지 콕 집어 알려 주는 내비."

"그러게……. 나도 그래."

"정말 그래?"

"그래, 아주 간절히."

"어디 다친 덴 없고?"

"어, 난 괜찮아."

괜찮지 않게 된 지훈과 우철과 강 순경을 떠올렸다. 그에 비하면 나는 정말 괜찮았다.

"민서는?"

"아직이야. 거의 다 왔어. 조금만 더 기다려 줘."

그것은 아내에게만 아니라 나 자신에게 하는 말이기도 했다.

"그래, 알았어. 무슨 일인진 모르겠지만 믿고 기다릴게. 그리고 나, 당신한테 미안해. 아까 그 말을 못 해서 전화했어."

"미안해야 할 사람은 따로 있는데 자기가 왜 미안해?"

정작 다 미안해야 하는 사람은 나였다.

"그냥 다……."

"민서 데리고 갈게, 이따."

"알았어, 기다릴게. 꼭 와야 돼?"

그거 사망 플래그야.

"그래, 알았어. 꼭 갈게."

전화를 끊고 차가 산자락으로 접어들면서 빗줄기가 굵어지기 시작했다. 택시는 여전히 느리지도 빠르지도 않은 속도로 내 차를 앞서 달렸다. 무슨 꿍꿍이가 있든, 놈과 한패여서 작당하고 나를 죽일 생각이든 이제는 아무래도 좋았다. 민서만 구한다면……. 그것만이 이 지옥 같은 하루를 버티게 한 원동력이었다.

오르막길을 타넘고 내리막길로 접어든 순간, 맞은편에 오는 차가 없는지 확인했다. 없었다.

곧바로 가속 페달을 있는 힘껏 밟으며 중앙선을 넘어 택시 옆으로 바짝 따라붙었다. 지금이야말로 놈의 허를 찌를 때였다.

　핸들을 오른쪽으로 틀어 택시의 옆구리를 들이받았다. 꽝! 기습에 놀란 택시가 이리저리 갈팡질팡했다.

"이건 지훈이 몫이고……!"

한 번 더. 꽝!

"이건 우철이 몫이다."

택시 운전석 쪽 차창이 박살 났다. 깨진 차창 너머로 보이는 기사의 얼굴이 뭉크의 「절규」에서처럼 일그러졌기를 기대했는데 기이할 정도로 평온해 보였다. 심지어 내 쪽을 돌아보며 미소 짓기까지 했다.

"미친놈이 약 처먹었나……."

도로 맞은편에서 덤프트럭이 달려왔다. 역주행하는 내 차를 본 덤프트럭이 상향등을 번뜩이며 경적을 울려댔다. 덤프트럭 기사가 보기에 약 처먹은 놈은 나일 터였다.

"강 순경 몫까지 마저 처먹어라!"

또 한 번 핸들을 틀어 들이받자 택시가 빗길에 쭉 미끄러지며 사선으로 도로를 가로질렀다. 비명 같은 굉음을 내지르던 택시가 도로변 비탈을 펄쩍 튀어 올랐다. 내 차는 간발의 차로 덤프와의 충돌을 피했지만, 중심을 잃고 피시테일을 일으키며 갈지자로 갈팡질팡하다 도로변의 연석을 들이받았다. 에어백이 터졌다.

암전.

눈을 뜨니 나는 아직 살아 있었다.

입술이 터지고 어깨가 뻐근하고 숨을 들이마실 때마다 왼쪽 옆구리가 찌르는 듯 아팠다. 갈비뼈가 부러진 모양이었다.

택시는……?

내 차 뒤쪽으로 뒤집힌 택시가 보였다. 차 문을 열고 나와 택시 쪽으로 향했다. 택시 운전석 문은 활짝 열려 있었다. 이번엔 '달아난 범인' 클리셰인가. 멀리는 못 갔겠지. 주위를 둘러보았다. 도로변에 세워진 표지판이 보였다.

홍주추모공원

표지판이 가리키는 샛길로 달려갔다. 공원 입구로 비틀대며 걸어 들어가는 택시 기사가 보였다.

"가긴 어딜 가!"

놈에게 외치며 뒤를 쫓았지만, 놈은 여전히 서두르지 않았다.

"거기 서라고!"

어느 영화에서나 곧잘 '거기 서!'를 외치지만, 어떤 범인도 그 말을 순순히 들어주지 않는다. 그것도 클리셰라면 클리셰니까. 기사가 가는 대로 쫓아가자 추모공원 건물이 보였다. 기사는 그 건물로 들어갔다. 뒤따라 건물 안으로 들어서니 엘리베이터에 오르는 기사가 보였다. 뒤따라 엘리베이터를 타려던 순간, 엘리베이터 문이 닫혔다. 그 앞에서 층수를 헤아렸다. 1, 2, 3……. 엘리베이터가 3층에 멈추었다. 옆구리를 부여잡고 계단을 성큼성큼 뛰어 3층까지 올라갔다. 기다란 복도 끝에 서 있는 기사가 보였다. 무심코 기사에게 다가가다 멈칫했다. 여기는 유골함 안치단이 겹겹이 늘어선 추모관이었다. 기사가 서 있는 쪽으로 다가가기가 어쩐지 두려워졌다.

기사 앞의 안치단에 이르러서야 그 두려움의 이유를 깨달았다.

유골함에 세로로 적힌 세 글자가 또렷했다.

조원태
1985. 10. 12.~2010. 8. 27.

26. 줌 아웃 트랙 인

추모관 유리창을 때리는 빗소리가 커졌다.

마침내 나는 조원태와 만났다. 고등학교 시절 내가 그렇게 괴롭혔던 과현고 대표 '찐따' 조원태. 여태껏 민서를 납치한 범인인 줄 알았던 조원태가 여기에 있었다. 이미 2010년에 죽은 고인으로…… 유골함 앞에 놓인 가족사진 액자 속에서 원태와 원태의 아버지 그리고 원태의 여동생으로 보이는 여자애가 활짝 웃었다. 사진 속 아버지는 내 눈앞의 노인이었다.

도대체 어떻게……? 기사가 내 속마음이라도 읽은 듯 중얼거렸다.

"목을 매달았어요, 제 방에서……."

조원태가 제 방에서 목매달고 죽었다……. 도저히 믿기지 않아서 뭐라고 대꾸해야 할지 몰라 입이 떨어지지 않았다.

"십 년 넘게 관짝 같은 골방에서 먹고 자고 나오지도 않았는데 결국 그 방이 이놈 무덤이 됐어요."

수척하고 등까지 구부러진 노인으로 돌아온 기사가 나를 돌아보지도 않고 말했다. 강 순경을 거침없이 해쳤던 사람과 동일인인지 의심스러울 정도였다.

"아직도 선해요, 이놈 막 태어났을 때 손가락, 발가락 만져본 그 감촉도, 세상 모르고 잠들었을 때 내던 쌔근쌔근 소리도, 까꿍만 해줘도 꺄르르꺄르르 웃어젖히던 웃음소리도……. 녹음이라도 해둘 걸 잘못했어요. 그때가 다시 없을 호시절인 줄 알았으면……."

"……."

"고등학교 들어가서 허우대 멀쩡한 놈이 애들한테 맞고 다닌다고 울상이 돼서 털어놓길래 남자 새끼가 무슨 그딴 걸로 징징대냐고, 너도 똑같이 때리라고 혼쭐냈더니만 그 뒤론 아예 말도 없길래 다 해결됐나 보다…… 잊어버리고 걱정도 안 했어요."

아마 그 '애들'이 바로 내가 이끌던 과현 3인조였을 터였다.

"근데 이놈이 속으로만 끙끙 앓다가 곪아가고 제 목숨줄만 좀먹어 들어갔던 거예요. 어느 날부턴 애가 완전히 몹쓸 폐인이 됐어. 초점 없는 얼굴로 손목에 죽죽 그으며 자해도 하고, 밤마다 잠도 못 자고 꽥꽥 비명을 질러. 그때 당신 이름도 알게 됐어요."

'필규야, 미안해! 필규야, 내가 잘못했어! 제발 그만 때려!'

기사가 나를 돌아보았다. 그제야 기사의 몸도 만신창이임을 깨달았다. 얼굴은 피범벅이었고 한쪽 팔도 부러진 듯 덜렁거렸다. 배를 움켜쥔 틈으로는 피가 배어 나와 손이 붉게 물들었다.

"정필규 당신은…… 이놈 목소리 기억해요?"

솔직히 말하자면, 잘 기억나지 않았다.

"아마 기억 못 할걸요? 알다가도 참 모르겠어요. '때린 놈'은 다 잊고 잘만 사는데 왜 '맞은 놈'은 그렇게 생지옥에서 살다 비참하게 죽어야 하는지……. 세상에 신이란 게 있고 정의란 게 있다면 그 반대여야 마땅한 거 아니오?"

유구무언이라 어떤 말도 입 밖에 내지 못했다.

"그동안 당신 얼굴이 참 궁금했어요. 도대체 어떤 생겨 먹은 인간이길래 동급생한테 그런 짓을 할 수 있는지 이해가 안 됐거든. 근데 오늘 직접 보니 더 이해가 안 돼요. 왠지 아시오?"

내가 택시에 올랐을 때 흠칫 놀라던 기사의 얼굴이 떠올랐다. 그때는 그저 내가 물에 젖은 몰골이라 놀라는 줄로만 알았다. 돌이켜보니 저수지 근처에서 나를 택시에 태운 일도 우연이 아닌 필연이었던 셈이었다.

"너무 멀쩡하게 생겨서. 내 마음속의 당신은 천하에 몹쓸 괴물이고 악마였는데, 실물로 보니 너무 평범하게 생겨서······."

나를 빤히 바라보는 눈빛이 내 속을 꿰뚫어 보는 듯해 눈길을 유골함으로 옮겼다. 액자 속 조원태의 해맑은 웃음과 맞닥뜨리니 얼굴이 화끈거렸다.

"나야 보시다시피 살 만큼 살았고 이제 가만히 드러누워서 숨만 쉬어도 이놈 보러 갈 날이 머지않았는데, 뱃속에 몹쓸 암 덩어리까지 들어앉는 바람에 그날을 조금만 앞당기기로 했어요. 죽어도 여한이 없을 거 같진 않아요, 솔직히······. 아까 말한 대로 원한이 풀렸어야 여한이 없는 거지."

기사의 목소리에 물기가 어렸다.

"정필규 씨, 내 당신을 데리고 갈까도 했는데 죽음은 당신 같은 사람한텐 너무 쉬운 안식이야."

애초에 나를 죽일 마음이었다면 여러 번의 기회가 있었으니 죽여도 진작 죽였을 터였다.

"당신 하나 때문에 수많은 날을 고통받고 수많은 날을 생지옥에 살다 결국 삶을 포기한 사람들이 있었다는 사실을 죽는 날까지 두고두고 떠올리며 생지옥에서 살아보라고 말해 주려고 여기까지 데려왔어요. 당신도 여한이란 걸

느껴보라고……. 강 순경님한테는 본의 아니게 죄송하게 됐네요."

말을 마친 노인이 불쑥 멀쩡한 팔을 들어 올렸다. 손에 들린 칼이 보였다. 그제야 의도를 알아차린 내가 외쳤다.

"자, 잠깐만요!"

생살 가르는 소름 끼치는 소리가 들려왔다. 노인이 내 쪽으로 서서히 돌아섰다. 칼날로 가른 목에서 핏줄기가 솟구쳤다.

땡그랑!

칼이 바닥에 떨어졌다. 뒤이어 노인이 그 자리에 털썩 주저앉았다. 상처에서 쏟아지는 피로 이내 셔츠가 붉게 물들었지만, 노인은 나를 올려다보며 희미하게 웃었다. 그 얼굴이 말했다.

'여한이 뭔지…… 당신도 알게 될 거요.'

노인은 바닥에 주저앉아 나를 바라보는 그 자세 그대로 얼어붙었다. 그 죽음이 내 눈에 줌인 트랙 아웃으로 다가들었다.

빗소리가 점점 더 커지더니 어느 순간부터 귓속의 조용히 버튼을 누른 듯 아무 소리도 들리지 않았다.

도대체 왜 이러는 거야, 다들……. 겁에 질려 뒷걸음질 쳤다. 오늘 하루 동안 지독한 악몽을 꾸는 듯했다. 영영 깨어나지 못할 악몽…… 끝없이 반복되는 무간지옥…….

돌아서서 미친 듯이 내달렸다. 계단을 달려 내려오다 넘어졌지만, 곧바로 일어나 다시 달렸다. 추모관 건물을 뛰쳐나와도 기사의 눈빛이 목덜미에 들러붙어 떨어지지 않는 듯했다. 빗속을 전력으로 뛰어 추모 공원을 빠져나왔다.

연석을 들이받고 서 있는 내 차 안으로 뛰어들었다. 잠깐 비를 맞았는데도 온몸이 바들바들 떨리고 이가 닥닥 소리를 내며 부딪쳤다. 전화기가 또 진동했다. 그 진동에도 소스라쳤다.

"그만 좀 해! 씨발!"

전화기를 차창에 내던졌다. 앞 차창에 금이 쩍 갔다. 전화기는 차 바닥에 굴러떨어진 뒤에도 연신 울려댔다. 모로스. 떨리는 손으로 놈의 전화를 받았다.

"야, 너, 누구야?"

"맨 처음에 분명히 말씀드렸을 텐데요 감독님 찐팬이라고……. 그건 그렇고 소감이 어떠십니까?"

"무슨 소감?"

"조원태를 만난 소감이요. 소원을 성취하셨으니 이제 여한이 없으시죠?"

"여한! 여한! 그만 좀 들먹이라고! 내가 뭘 얼마나 잘못했다고 이렇게 사람을 미치고 환장하게 물고 늘어지는 건데?

세상에 나쁜 놈이 나밖에 없어? 나보다 더 나쁜 놈도 널리고 널렸는데 왜 나한테만 지랄이냐고!"

"궁금해요?"

"그래, 좆나게 궁금하다! 말해 봐, 씨발!"

길게 한숨을 내쉰 놈이 또박또박 말했다.

"나한테는 정필규 니가 세상에서 가장 나쁜 놈이니까."

헛웃음이 터져 나왔다.

"그래, 그거야! 가식적인 존댓말 안 쓰고 반말하니까 얼마나 친근하고 좋아? 그래, 나도 인정해. 나 나쁜 놈이었던 거, 조원태 괴롭히고 가끔 패고 삥 뜯고 했던 거 다 인정한다고. 근데 세상이 그렇잖아, 약육강식! 강한 놈이 약한 놈 잡아먹는 건 세상 어디에나 흔한 일이잖아. 안 그래?"

놈은 대답하지 않았다.

"그렇다고 인제 와서 뭘 어쩌라고? 이미 지나간 과거를 어떻게 바꾸냐고, 씨발!"

"제가 감독님께 이미 지나간 과거를 바꾸라고 요구했던가요? 전 그저 오늘 하루 제가 준비한 밸런스 게임에 감독님을 초대했을 뿐인데요."

잠시나마 감정이 실렸던 놈의 목소리에 다시금 차디찬 기운이 서렸다. 내색은 안 했지만, 온몸에 소름이 돋을 지경이었다.

"하, 게임? 초대? 야, 말은 똑바로 해. 솔직히 이게 게임이야? 사람이 셋이나 죽었어! 강 순경도 죽었을지 모르고……. 이게 어떻게 게임이야? 줄줄이 사탕처럼 사람 죽어 나가는 게? 이건 범죄야. 범죄 중에서도 악질, 강력 범죄!"

 놈이 차갑게 되받아쳤다.

 "감독님한텐 그게 게임이었습니까?"

27. 시점 쇼트

"뭐가?"

"감독님께서 고등학생 때 조원태에 저질렀던 온갖 악질, 강력 범죄가…… 게임이었냐고요."

말문이 턱 막혔다. 약한 애들 괴롭히기가 나한테는 게임이었던가? 솔직히 아니라고 말할 자신은 없었다. 대외적으로는 정치계 거물이었지만 대내적으로는 가정폭력과 변태 성욕 괴물이었던 아버지, 아버지를 세상 누구보다 혐오하면서도 아버지의 권력과 재력을 등에 업고 호의호식과 호가호위를 마음껏 누렸던 어머니……. 강한 자에게는 누구보다 비굴했고 약한 자에게는 누구보다 악랄했던 두 괴물의 합작품인 내가 온전한 인간일 리 없었다.

모로스의 말이 맞았다. 그 시절 그 짓거리들이 내게는 게임이었다. 심심풀이, 스트레스 해소용 게임.

"그래서, 나 때문에 조원태가 죽었다, 이 말을 하고 싶은 거야?"

"죽음은 사실 별것 아닙니다. 우리는 매일 밤 잠자리에 들 때마다 죽음을 체험하니까요. 왜, 죽은 듯이 잤다고들 하잖아요. 그 말도 그래서 나왔겠죠?"

"묻는 말에나 대답해! 조원태가 나 때문에 죽었냐고!"

"조원태는 당신 때문에 지옥에 빠졌습니다. 차라리 죽는 게 나은 지옥. 죽음은 안식입니다. 레스트 인 피스……. 아무 고통도, 굴욕도, 존재의 무게도 못 느끼는 비존재의 상태니까요."

"예, 철학 강의 잘 들었습니다. 근데 그딴 건 이제 그만 딴 데 가서 알아보세요. 안 살 거니까……."

놈이 풉, 웃음을 터뜨렸다. 웃음보가 터지자 놈은 아예 대놓고 낄낄대며 웃어젖혔다. 비웃음이었다.

"이런 뜬금포 개그가 언제 터질지 몰라서 제가 감독님 영화를 좋아한다니까요."

"개그가 아니라 진심으로 하는 소리야."

"아뇨, 저한테는 개그로 보이는데요? 궁지에 몰린 쥐새끼가 고양이를 물겠다고 찍찍대며 같잖은 이빨 드러내는 게 쥐 딴엔 진심일지 몰라도 고양이가 보기엔 얼마나 우습겠어요? 그러니 개그 맞죠."

"좋아, 말 나온 김에 개그 하나 더 할게. 나 오늘 너 죽일 거야. 방금 죽은 니 아비보다 더 고통스럽게……."

놈이 다시금 미친 듯이 웃어댔다.

"아…… 감독님…… 제발…… 저 좀 그만 웃기세요. 이러다 배 찢어지겠어요. 나랑 개그 코드가 너무 잘 맞아. 말도 잘 안 나오네. 아…… 눈물까지 나오네. 개만도 못한 새끼……."

놈의 말끝이 그 어느 때보다도 더 싸늘하게 식었다.

"그래서 내가 오늘 너한테 게임을 건 거야. 넌 죽었다 깨어나도 우리 고통을 모를 개만도 못한 새끼니까. 백번 천번 얘기해도 못 알아들어 처먹는 개노답 등신이니까."

서릿발 곤두선 놈의 목소리가 점점 높아졌다.

"지옥에 빠져 허우적대면서도 찍찍대기나 하는 좆같은 쥐새끼니까!"

서슬 퍼런 살기가 뚝뚝 묻어나는 놈의 목소리에 뭐라 대꾸할 엄두도 못 내고 입을 다물었다.

"어때요, 감독님. 저도 연기 좀 하죠? 나중에 기회 되면 감독님 영화 오디션에 한번 응모해 보고 싶은데 받아 주실 거죠? 저도 한때는 장래 희망이 배우였거든요."

다시 냉정 모드로 돌아온 놈의 변덕에 뭐라 장단을 맞춰야 할지 몰라 비가 쏟아지는 차창 너머를 노려보다가 물었다.

"진심으로 니가 원하는 게 뭐야, 나한테······."

"밸런스 게임의 완수! 더도 덜도 말고 그게 전부입니다."

"이제 몇 개 남았는데?"

"이제 딱 두 개 남았네요. 슬슬 종착지가 보여요. 아, 이거 살짝 아쉬워지려고 하는데요?"

"하나 남은 거 아니었어? 마지막 거."

"에이, 감독님, 깜박깜박하신다더니 좀 심하시네요. 이미 말씀드렸다시피 여덟 번째 게임은 실패하셨잖아요. 그럼 세이브 지점에서 다시 시작하셔야죠. 감독님께서 아직도 제정신을 못 차리신 관계로 새로운 여덟 번째 게임은 난이도를 대폭 상향 조정하겠습니다."

"그동안도 난이도 헬이었는데 무슨 소리야."

"이번 게임은 영화로 치면 클라이맥스라고 보시면 됩니다. 주인공에게 절체절명의 위기가 찾아오는 구간이죠. 왜, 있잖아요, 생사의 갈림길에 다다른 주인공이 최종 결단을 내리고······."

"됐고, 뜸 그만 들이고 뭔지 말하기나 해. 뭐든 받아줄 준비가 됐으니까."

놈의 말을 끊고 센 척했지만, 속으로는 놈이 또 무슨 미친 짓을 게임이랍시고 제시하려나 불안하고 두려워 미칠 지경이었다.

"그럴까요? 자, 그럼 여덟 번째 밸런스 게임 다시 들어갑니다. 1번, 눈앞에서 민서 죽는 장면 목격하기. 2번, 조원태가 되어 과현고에서 살아남기."

이번에는 '뭐?'라고 묻지도 못했다. 나도 모르게 쩍 벌어진 입을 다물 길이 없었다.

"야, 이 미친…… 그걸 지금 게임이라고 나더러 하란 거야? 세상의 어떤 아빠가 자식 죽는 걸 볼 수 있다고?"

"방금 당신 눈앞에서 자살한 조원태의 아버지는 2010년 8월 27일에 1번을 몸소 체험했습니다. 그리고 아까부터 누누이 말씀드렸지만, 1번이 내키지 않는다? 그럼 2번 고르시면 됩니다."

"2번도 말이 안 되잖아? 내가 무슨 수로 조원태가 되는데? 조원태는 진작 죽었는데……. 그놈 역에 캐스팅돼서 실화 영화라도 찍으란 거야, 뭐야?"

"거 참, 말 많으시군요. 10초 진작 지났습니다. 선택하셨습니까?"

차라리 내가 죽었으면 죽었지, 1번은 죽었다 깨어나도 고르지 못할 선택지였다.

"2번으로 할게."

"최선의 선택이십니다."

선택의 여지도 없이 제가 원하는 대로 토끼 몰듯 몰아가면서 최선의 선택 좋아하네.

"내가 어디로 가면 돼?"

"선택지에 행선지가 있지 않나요?"

"과현고?"

"맞습니다."

차에 장착된 내비게이션으로 '과현고'를 검색했다. 이 추모공원에서 25km나 떨어진 거리였다.

"너무 멀어. 1분 내로는 죽어도 못 가."

"괜찮습니다."

"너나 괜찮지, 난 안 괜찮아."

"이번 게임 미션은 난이도가 상당히 높은 만큼 특별히 시간제한을 풀어드리죠. 그럼 괜찮으시겠습니까?"

그렇다고 괜찮겠냐?

"자, 로케이션 장소는 이미 세팅 끝났으니 슬슬 출발하시면 됩니다."

세팅……?

도대체 이놈은 이 미친 게임을 준비하느라 얼마나 많은 시간과 노력을 기울였을까? 나란 놈 하나를 나락에 빠뜨리고 이토록 깊고 쓰린 고통을 주려면 얼마나 여한이 깊어야 할까?

오늘 처음으로 놈에게 경외에 가까운 공포심이 일었다.

"그럼 감독님, 이번 미션도 건투를 빕니다."

"좆 까!"

전화를 끊자마자 차 안 여기저기를 뒤적이기 시작했다. 오늘 하루 내내 놈의 사냥감으로 이리저리 굴러다녔다. 이제 더는 놈에게 질질 끌려다니지 않을 작정이었다. 그러려면 놈의 눈이 되어주는 수정구슬부터 찾아 없애 버려야 했다. 분명 내 차 어딘가에 몰카를 심어놨을 터였다. 그렇지 않고서야 내 일거수일투족을 꿰뚫어 볼 리가 없었다.

혹시 블랙박스……?

만약을 대비해 차량 내부 촬영 기능도 있는 블랙박스를 달아 놓았다. GPS 기능은 물론, Wi-Fi 기능까지 있으니 블랙박스만 해킹해도 나를 감시하는 데에는 별 무리가 없을 터였다.

일단 블랙박스부터 확인하자.

블랙박스 본체를 원래 위치에서 떼어내니 본체에서 이어진 수상한 케이블이 보였다. 케이블을 따라가 보니 앞 차창 위쪽 사각지대에 빨간 불빛이 깜박이는 칩이 눈에 띄었다. 수정구슬을 찾았다. 블랙박스에서 케이블과 칩을 뽑고 블랙박스도 아예 전원을 꺼 버렸다. 하지만 블랙박스가 전부는 아니리라는 의심이 들었다. 내가 차에서 내린 순간에도 놈은 내 일거수일투족을 속속들이 꿰뚫었으니까.

뭔가 더 있어야 했다. 도대체 그게 뭘까. 혹시 내 몸에 뭔가 달아 놓지는 않았을까? 영화 「올드보이」에서 이우진은 오대수의 구두 속에 도청 장치를 달아 놓고 감시했다. 내 영화 「에리니스」에서 주인공은 빌런의 스마트폰을 복제해 놈을 감시한다.

가만, 스마트폰……?

이 또한 놈이 해킹했을 가능성이 컸다. 전화기를 집어 들고 이리저리 살폈다. 겉으로만 봐서는 수상쩍은 구석이 없었다. 하지만 해킹과 복제는 어디까지나 하드웨어가 아닌 소프트웨어의 영역이었다. 게다가 민서의 목숨이 놈의 손에 달린 이상, 스마트폰에는 섣불리 손댈 상황이 아니었다.

그래도 여전히 단서가 부족하다. 요즘에는 옷이나 필기도구 따위에도 감쪽같이 달아 놓는 몰카도 있다고 들었다. 몸을 샅샅이 뒤져봐도 몰카가 달릴 부위는 없었다. 설마 몸에 이식했을 리는 없고……. 무심코 룸미러에 얼굴을 비춰봤다가 멈칫했다.

설마……!

28. 서스펜스

안경……?

평소 쓰고 다니던 뿔테 안경이고 도수도 그대로인데 유심히 보니 어딘가 낯설었다. 렌즈 옆의 테가 좀 더 두툼해진 듯했다. 안경을 벗어 대시보드에 올려놓고 글로브박스를 뒤져 드라이버를 꺼냈다. 드라이버를 거꾸로 잡고 망치 삼아 두툼한 손잡이로 안경테와 다리를 내리찍었다.

쾅! 쾅! 꽈직!

안경테와 다리 속에 렌즈와 연결된 미세한 전선, 마이크로칩과 눈에 잘 보이지도 않는 부품들이 불거져 나왔다. 찾았다, 모로스의 수정구슬.

"이거였구나. 이걸로 날 감시했어."

상상도 못했다. 렌즈까지 내가 쓰던 도수와 똑같아서 생각도 못 했다.

"도대체 이걸 언제 바꿔치기했지? 내내 쓰고 다녔······."

내내 쓰고 다녔는데······ 라고 중얼거리려다 말았다. 곰곰이 생각해보니 아니었다.

내가 잠시 안경을 벗어 둔 적이 있었다. 첫 번째 밸런스 게임 리테이크 때였다. 그때 양아치를 참교육하려고 차에서 내리며 행여 누가 나를 알아볼세라 모자를 쓰며 안경도 벗어 조수석에 두고 차에서 내렸다. 몇 분도 채 안 되는 그 짬에 누군가 차 문을 열고 안경을 바꿔치기했다면······?

블랙박스를 다시 켜고 주행녹화 영상 목록을 쭉 뒤져보았다.

양아치와 시비가 붙어 내리던 때에 녹화된 차내 영상을 확인한 순간, 짜릿한 전율이 목덜미로 흘러내렸다. 그럼 그렇지!

조수석 문이 조용히 열리더니 모자를 눌러쓴 한 사람이 조수석 위에 놓인 안경을 다른 안경으로 바꿔치기하는 광경이 보였다. 그러고는 내가 차에 오르기 전에 슬그머니 내리고 차 문을 닫았다. 멋모르고 간발의 차로 차에 올라 바뀐 안경을 쓰는 나를 보니 확실해졌다.

"잡았다, 쥐새끼. 이놈이 모로스였어!"

모자를 눌러쓴 이놈······. 그런데 영상을 다시 돌려보니 뭔가 이상했다.

"어? 잠깐만……!"

영상 속의 모로스는 남자라 하기에는 덩치가 작고 가냘파 보였다. 게다가 놈이 내리던 순간, 일시정지를 눌러 보니 모자 뒤쪽으로 달랑거리는 말총머리가 보였다. 아주 또렷하진 않았지만 분명 포니테일이었다.

"여자……? 여자였다고?"

여태껏 놈이 남자라고만 생각했다. 통화 음성 변조야 앱 하나면 얼마든지 가능해진 세상이었다.

"학교 들어가려는데 어떤 아저씨가 아빠 사고 났다고 같이 병원 가야 한다고 해서 아저씨 차 탔는데……."

민서는 전화했던 때부터 '어떤 아저씨'라고 했다. 변장했나? 아니면 택시 기사? 민서의 눈으로 보기에는 나이 지긋한 택시 기사도 아저씨로 보였는지도 모를 일이었다. 어쨌든 이제 범인의 윤곽은 확실히 드러났다.

잡히면 죽인다.

결연한 마음으로 차 시동을 걸었다. 그 많은 우여곡절을 겪고도 시동은 제대로 걸렸다. 이제 곧 놈에게 전화가 올 터였다. 내가 놈의 눈과 귀를 부숴버렸으니까. 안경으로 위장한 보디캠도 부쉈고 블랙박스도 꺼버렸다. 이제 놈이 나를 감시할 수단이라고는 스마트폰이 전부였다. 애초부터 일방적인 게임이었지만 이 정도로 약간이나마 공정해진 셈이었다.

"자, 이쯤에서 전화가 울린다. 액션!"

내 신호를 기다렸다는 듯 전화기가 울렸다. 모로스였다.

"역시……!"

느긋하고 태연하게 전화를 받았다.

"어, 말해."

"감독님, 출발하셨습니까?"

"이제 막 출발했어."

"여태 뭐 하셨습니까?"

"글쎄…… 마음의 준비? 과현고 가면 무슨 험한 꼴을 어떻게 당할지 모르니 마음의 준비도 하고 쥐 잡기도 잠깐 했지."

"쥐 잡기라뇨?"

"니가 좀 전에 나더러 그랬잖아. 쥐새끼라고……. 근데 가만 보니 쥐새끼는 따로 있더라고. 내 블랙박스 해킹하고 안경 바꿔치기하고…… 야, 그런 노력으로 취업 준비했으면 넌 CIA 입사했겠다. 나 하나 엿먹이는 데에 그렇게 공을 들였으니 생활비 빵구 안 났어? 계좌번호 있음 불러. 내가 용돈 정도는 부쳐 줄 테니까, 어때?"

그 정도면 놈에게 한 방 먹인 줄 알았다. 하지만 돌아온 반응은 콧방귀였다.

"아, 감독님 왜 그러셨어요?"

"내가 뭘?"

"게임의 규칙을 어기셨잖아요."

"무슨 규칙?"

"처음에 그러셨잖아요. 게임에 성실히 임하시겠다고······."

"아니, 뒷구멍으로 몰래 바꿔치기한 안경 좀 부쉈다고 그게 엄청 불성실한 게 돼?"

"네, 됩니다. 참가자면 참가자답게 게임에나 성실히 임하셔야지, 게임 아이템 파괴에 성실히 임하시면 당연히 직무 유기죠."

별로 놀란 기색도 아니었다.

"야, 난 민서 때문에 니 미친 게임에 울며 겨자 먹기로 성실히 임하겠다고 했지, 내 일거수일투족까지 감시하는 니 아이템까지 애지중지하겠다고 한 적은 없어."

"좋아요, 그렇다 치죠, 아무리 그렇다고 게임 아이템을 파괴하시면 됩니까?"

"너도 날 파괴했잖아! 내 일상을! 오늘 죽은 사람만 셋이야. 그중에 지훈이랑 우철이는 세상에 둘도 없는 내 절친이었어! 너 때문에 걔들이 그렇게 개죽음당했는데 내가 성실히 게임에만 집중하길 바라면 욕심이 너무 과한 거 아냐?"

"감독님 때문에 죽은 조원태도 누군가에겐 세상에 둘도

없는 가족이었다는 생각은 안 하십니까?"

"아, 맞다, 조원태……."

한 박자 쉬었다가 비장의 무기로 놈의 허를 찔렀다.

"당신 오빠 맞지?"

놈은 대답하지 않았다. 예상했던 반응이었다.

"조원태 유골함 액자 속 세 가족사진…… 봤어. 조원태가 2010년에 죽었고 아버지가 내 눈앞에서 죽은 택시 기사라면 인제 조원태 가족 중에 남은 사람은 여동생밖에 없는 거잖아. 블랙박스 영상으로 다 봤어. 모자 쓴 포니테일…… 너지?"

모로스는 부정하지 않았다.

"정답입니다! 그래, 나야. 너 때문에 죽은, 조원태의 여동생 조원경! 니 눈앞에서 자살한 택시 기사는 내 아버지였고 니가 만든 지옥 속에 살다 간 조원태는 하나뿐인 내 오빠였어. 둘 다 지옥 속에서 살다 죽음을 선택했어. 정필규 니가 선사한 밸런스 게임!"

내가 밸런스 게임을 시작했다고……?

"1번, 죽기보다 괴로운 삶 이어가기. 2번, 자살로 영원한 안식에 들기. 그런데 뭐? 둘도 없는 절친이 뭐 어쩌고 어째?"

흥분한 목소리로 길길이 날뛰는 놈의…… 아니, 조원경의 기미가 심상치 않았다. 건드리지 말았어야 할 역린을 건드린 듯해서 불안해졌다. 아니나 다를까, 전화기 너머의 목소리가 바뀌었다. 남자 목소리에서 여자 목소리로……. 여태껏 써왔던 목소리 변조 앱을 끈 모양이었다. 괴한의 가면을 벗은 조원경이 말했다.

"그래, 좋아. 게임 아이템 같은 거 인제 필요 없겠네. 노템전으로 가보자. 단, 이제껏 감독님 찐팬 어쩌고 저쩌고 가식 떨면서 추켜세워주거나 이래저래 사정 봐주는 거 니 모가지 떨어져 나가는 순간까지 절대 없을 테니까 기대하지 마."

"하, 이제야 본색을 드러내시는고만. 참, 뭐 하나만 묻자, 지훈이가 과현 3인조 단톡방에서 지난달에 원태한테 사천 빌렸다고 말했는데 그때도 니가 원태 행세 한 거야?"

"그래, 내가 오빠인 척했으니까."

"이야, 생각보다 오랫동안 공들였구나. 우리 3인조 잡으려고……."

"그렇게 공들인 내 작품에 흠집을 냈으니 너도 대가를 치러야 할 거야."

"대가? 무슨 대가?"

대가라는 두 글자만으로도 파블로프의 개처럼 덜컥, 몸이 반응했다.

"정말 몰라서 묻는 거야, 아님 모른 척하는 거야? 당연히 민서지."

"약속했잖아! 민서는 안 건드리겠다고……."

"먼저 룰을 깬 건 감독님이에요. 제가 아니라요. 그러니 달게 받으세요, 민서가 겪는 고통도……."

또 또 민서, 민서, 민서! 놈의 말이 맞았다. 내 아킬레스건은 민서였다.

"민서는 건드리지 말라고 내가 분명히 경고했어!"

"내가 왜 그래야 되지?"

"민서 건드리면 지금 당장 경찰 대동해서 과현고로 갈 거니까!"

조원경이 실소를 터뜨렸다.

"경찰? 경찰 따위가 무서웠으면 이 게임, 내가 시작했을까? 과현고? 얼마든지 오세요. 정필규 감독님, 저는요, 세상에 무서운 게 아무것도 없어요. 죽음도, 경찰도, 감옥도……. 당신같이 잃을 게 많은 사람이 아니니까."

그 순간 깨달았다. 민서가 붙들린 한, 이 게임의 영원한 갑은 조원경임을…….

"그러니 마음대로 해 봐. 경찰만이 아니라 119도 불러야 할걸? 민서 시신 이송하려면 구급차도 필요할 테니까……."

절대 한데 붙어서는 안 될 두 단어가 이어지니 나도 발끈해서 외쳤다.

"야 이 미친년아, 너 지금 날 협박하는 거야?"

"아이고, 우리 감독님 오늘 내내 그렇게 당해놓고 아직도 학습 능력이 떨어지시네. 정필규 감독님, 이건 협박이 아니에요. 예고지."

"예고……?"

"그래요, 예고!"

조원경이 어금니를 짓이기며 씹어뱉었다.

"살인 예고."

29. 점프 스케어

 전화기 너머에서 쇳소리가 났다. 아까 들었던 소리보다 더 거칠고 사나운 소리였다. 곧바로 이어질 상황이 뻔히 그려졌기에 다급히 외쳤다.
 "자, 잠깐만!"
 "왜?"
 "알았어, 알겠다고!"
 "알긴 뭘 알아?"
 "내가 잠깐 돌았었나 봐. 하루 동안 스트레스가 말도 못할 만큼 심해서. 그래서 내가 이 게임의 을인 걸 잠깐 까먹었나 봐. 하란 대로 할게! 과현고 갈게! 나 혼자! 민서만 건드리지 마. 내 손가락이라도 자르라면 자를게. 그보다 더한 짓도 얼마든지 할게. 그러니까 제발 민서만……."
 굴욕과 공손 모드로 돌아와 개처럼 빌면서도 비굴한 줄

몰랐다. 차 안으로 비가 들이치지도 않는데 온몸이 진땀으로 흠뻑 젖어 들었다. 내 애원이 먹혀들었는지 원경이 누그러진 투로 물었다.

"어디쯤 왔어?"

"어, 지금 다 왔어! 곧 도착할 거야. 조금만 기다려 줘."

"교문으로 들어와서 운동장에 차 대고 중앙 현관으로 들어와. 그 이후는 들어오면 자연스럽게 알게 될 테니까."

원경이 전화를 먼저 끊었다. 안도의 한숨이 절로 나왔다.

멀리 보이는 언덕 위로 과현고 본관 건물이 희미하게 보이기 시작했다. 잠시 후, 차는 과현고 정문으로 접어들었다.

"뭐야."

어느새 내 모교는 폐교가 되어 있었다. 교문도 반쯤 뜯겨나가 비스듬히 대롱거렸고 운동장은 잡초투성이였다. 언덕 위에 홀로 우뚝 선 학교 본관 건물은 귀신이나 살인귀가 나오는 공포영화를 찍어도 손색없을 만큼 을씨년스럽고 흉물스러웠다.

이리로 오는 동안 비가 개어 그나마 다행이었다. 비까지 내렸다면 장르가 딱 하우스 호러였을 테니까.

"도대체 여기서 뭘 하겠다는 거야."

운동장 한편에 차를 세우고 차에서 내렸다. 스산한 바람마저 불어와 내 온몸을 훑고 지나갔다. 운동장은 물론, 학교 건물 어디를 둘러봐도 인기척이나 인적은 없었다.

"폐교 체험이야, 뭐야."

일부러 목소리를 높여 중얼거렸지만, 어디에서도 대답은 돌아오지 않았다.

"어디 숨어 있다가 확 튀어나와서 깜짝쇼라도 하겠단 거야?"

운동장에서 학교 본관으로 향하는 계단의 개수를 세며 성큼성큼 오르기 시작했다.

"하나, 두울, 세엣……."

묘하게도 고등학교 시절로 되돌아가는 듯한 착각이 일었다. 토끼를 따라 나섰다가 토끼 굴에 빠진 이상한 나라의 앨리스처럼……. 영화감독 정필규가 아닌, 과현고 일진 정필규로…….

기이한 일이었다. 그동안 까맣게 잊고 지냈던 기억들이 계단을 오르는 동안 새록새록 떠오르기 시작했다.

"여기서 졸업 사진 찍었는데……."

본관 앞 화단을 보며 중얼거렸다. 이제는 화단이 아니라 잡초밭이 되어 사방으로 비죽비죽 자라난 풀과 잡목으로 빼곡했다.

"사람이나 학교나 관리 안 하면 금세 엉망 되는고만."

듣는 사람도 없는데 실없는 혼잣말을 중얼거린 이유는 기분이 여유로워서가 아니었다. 오히려 반대였다. 본관 건물이 가까워질수록 가슴이 두근거리고 입술이 바짝바짝 말라왔기 때문이었다.

"실내화를 안 갖고 왔네. 신발 신고 들어가도 상관없겠지?"

중앙 현관 앞에 이르러 출입문을 밀고 안으로 들어섰다.

끼이이익…….

오랫동안 닫혀 있던 현관문이 신음하듯 길을 터주었다. 학교 안은 조명 하나 없어서 어두컴컴했다.

"조명이라도 좀 달아주지, 성의가 없고만."

스마트폰의 손전등 앱을 켜고 앱의 밝기를 최대로 올려 앞을 비췄지만 짙은 어둠을 밀어내기엔 역부족이었다. 불빛이 미치지 못하는 공간은 암흑 그 자체였다. 갑작스러운 침입에 놀란 먼지 입자들이 허공에 떠올라 우왕좌왕 어지럽게 움직였다.

"계세요? 아무도 안 계세요?"

내 목소리는 텅 빈 복도를 휘돌고는 메아리가 되어 되돌아왔다.

"뭐가 있긴 한 거야?"

커다란 종소리가 전교에 울려 퍼졌다.

딩동댕동 딩동댕동!

"아, 깜짝이야!"

학교 다닐 때 지겹게 들었던 종소리를 캄캄한 폐교에서 홀로 들으니 머리칼이 쭈뼛 설 만큼 소름 끼쳤다.

분명 수업 시작종이었다.

이 캄캄한 와중에 종이 울리다니……. 바로 그때였다.

"교무실에서 알립니다. 수업이 시작되었으니 교내에 계신 학생은 교실로 들어가 주시기 바랍니다."

복도 어딘가에 설치한 스피커에서 흘러나오는 목소리였다.

"어느 교실로 가란 건데……?"

의문은 금세 풀렸다. 복도 벽에 붉은 락카 페인트로 그어진 화살표가 보였다.

"왼쪽으로 가라?"

화살표가 이끄는 대로 복도를 걸었다. 1-3이라는 표지가 달린 교실 출입문에 붙은 '들어오세요'라는 문구가 보였다. 미닫이 출입문을 옆으로 밀어 보았다.

드르륵, 탁!

문은 부드럽게 열렸다.

교실 안도 캄캄하기는 매한가지였다.

"안에 뭐가 있길래……."

손전등 앱으로 교실 안을 비추며 쭈뼛쭈뼛 발을 들인 순간, 바로 옆에서 부스럭 인기척이 일었다. 손전등을 그리로 획 비춘 순간, 커다란 발이 확 날아와 내 얼굴을 걷어찼다. 어찌나 갑작스러웠는지 비명을 내지를 새도 없었다.

그대로 중심을 잃고 바닥에 고꾸라졌다. 내 손에서 떨어져 나간 스마트폰이 교실 바닥을 나뒹굴었다. 불시의 일격에 차인 충격을 미처 추스르기도 전에 사커킥이 옆구리로 날아들었다.

헉 소리가 절로 터지며 숨이 턱 막혀 바닥에 엎어졌다. 눈앞이 아득해지도록 끔찍한 고통이 숨도 쉬지 못하게 뱃속을 꽉 움켜쥐고 놔주지 않았다. 가쁜 숨을 몰아쉬며 시커먼 그림자가 저벅저벅 바닥을 울리며 내게로 다가왔다.

"야, 야! 씨발 조원태, 담배 심부름 시킨 지가 언젠데 이제서 슬금슬금 기어 들어오냐?"

교복을 입은 듯한데 아무리 올려다봐도 얼굴이 보이지 않아서 더 섬뜩한 그림자였다. 하나가 아니라 셋이었다.

"너, 너희들 뭐야?"

"뭐긴 뭐야, 씨발아! 뒤진 니 애미다."

그림자1이 욕지거리를 내뱉으며 내 턱을 퍽 걷어찼다. 턱뼈를 제대로 걷어차이는 바람에 정신이 아찔해질 지경이었다.

"뭐야, 이거? 축구공이 왜 이리 탄력이 없어? 바람 빠졌나?"

그림자2가 내 머리를 콱콱 짓밟기 시작했다. 비명을 지르며 머리를 감싸 쥐고 몸을 동그랗게 말았다.

"이런 불량 공으로 월드컵 꿈나무가 뭔 축구를 하겠어? 굴러라 축구공! 똑바로 안 구르면 오늘 내 드리블 실력 제대로 보여준다?"

그림자3까지 가세한 발길질이 쉴 새 없이 날아들었다. 급소가 골라 걷어차는지 맞을 때마다 눈앞에 번쩍번쩍 플래시가 터졌다.

"좀 움직여라, 공 새끼야! 고! 고! 안 움직이면 계속 깐다?"

발길질을 피해 바닥을 북북 기었다.

"그만, 그만해!"

내가 애원해도 그림자들의 발길질 세례는 멈추지 않았다. 오히려 내가 축 늘어질 때까지 이어졌다. 그림자1이 내 앞에 쪼그리고 앉았다.

"너 이 씨발놈아, 내가 어제 20만 원 마련해 오라고 했지? 근데 왜 니가 준 봉투에선 10만 원이 빌까요? 세계 11대 불가사의다, 그치? 원태야, 원태야, 이 씨발 조원태! 내가 너한테 아주 재미있는 게임을 제안하겠어."

어쩐지 귀에 익은 말투였다.

"둘 중에 골라. 1번, 오늘 내로 10만 원 가져오기. 2번, 딱 10만 원어치만 몸으로 때우기. 참고로, 한 대에 10원! 자,

10초 드리겠습니다."

오늘 내내 지겹도록 들었던 밸런스 게임의 진행 대사였다. 그림자1의 뒤에 호위무사처럼 버티고 선 그림자2와 3이 낄낄댔다.

"10초 지났습니다. 선택을 안 했으니 소정의 페널티가 부여됩니다. 페널티는 1번과 2번 둘 다입니다!"

다시금 그림자들이 우르르 발길질해대기 시작했다. 몸을 겁먹은 공벌레처럼 최대한 웅크리고 타격을 최소화하는 수밖에 없었다. 이상한 일이었다. 나와 덩치도 비슷한 놈들인데 어쩐지 대항하거나 반격할 엄두가 나지 않았다.

그 순간 깨달았다.

그림자들이 내뱉는 욕설과 내게 쏟아내는 폭력이 전부 고등학생 때 내가 조원태에게 했던 짓이었음을…….

까맣게 잊고 살았다. 어쩌다 연예인들이나 유명인들 학폭 논란이 터질 때마다 나와는 상관없는 일이라 믿었다. 내가 학생 때 저질렀던 짓들은 다 한때 애들 장난 정도라고 대수롭지 않게 여겼으니까……. 그런데 인제 보니 아니었다. 여태껏 내 학폭 논란이 터지지 않았다는 사실이 오히려 기적일 정도였다.

어느 순간부터는 고통도 무뎌지기 시작했다. 이대로 죽는구나 싶을 즈음, 그대로 의식을 잃었다.

30. 몽타주

딩동댕동 딩동댕동!

다시금 교실에 울려 퍼진 종소리에 서서히 정신이 들었다.

내게 미친 듯이 발길질 세례를 쏟아내던 그림자들은 어느새 온데간데없었다. 바닥에 드러누운 채 몸을 이리저리 움직여보았다. 용케 어디 부러지거나 터진 데는 없는 듯했다.

살았다······.

그제야 비로소 안도했다. 하지만 한동안 교실 바닥에서 몸을 일으킬 엄두도 내지 못하고 숨을 골랐다. 내가 저렇게 악랄했던가? 어쩌면 더했을지도 모른다. 머릿속에 잠들어 있던 기억을 그림자들의 무자비한 폭력이 하나하나 일깨워주었다.

"미친······."

모로스나 그림자들에게 뱉은 말이 아니라, 그토록 악독하고 잔인했던 과거의 나 자신과, 그 과거를 까맣게 잊고 살아온 현재의 나 자신에게 뱉은 말이었다. 어둠 속의 교실에 드러누운 채 조원태가 겪었을 수모와 치욕을 떠올렸다. 끔찍했다.

"다음 수업은 진로 상담입니다. 교실에 계신 학생은 2층 상담실로 이동해 주시기 바랍니다. 이동하지 않거나 교내를 이탈할 경우 소정의 페널티가 부여되니 반드시 이동해 주시기 바랍니다."

소정의 페널티란 말도 내가 조원태를 괴롭힐 때 걸핏하면 입에 올렸던 말이었다.

'인과…… 인이 있었으니 지금의 과가 있는 거야.'

그 대사가 맞았다. 과거에 내가 저질렀던 말과 행동과 업보가 고스란히 내게로 돌아왔다. 소정의 페널티를 민서가 받게 해서는 안 된다. 바닥에 나뒹구는 전화기를 주워 들고 비틀거리며 일어섰다. 이제야 알만했다. '과현고로 가서 조원태가 되어 살아남기'가 무엇이었는지를…….

"애초에 넌 날 죽일 작정이구나……."

중얼거리며 교실 문을 열면서도 뭐가 또 튀어나오지는 않을지 두려워 몸을 사렸다. 아무것도 없었다. 조심조심 교실을 나와 복도를 걷기 시작했다. 오래된 마룻바닥이라 걸을 때마다 삐걱삐걱 소리가 났다. 온몸이 만신창이라 그 소리가 마룻바닥이 아닌 내 관절 여기저기에서 나는 듯했다.

"죽겠네, 진짜……."

엄살이 아니라 진심이었다. 전에 없던 공포증까지 생겼는지 눈앞으로 뭔가 휙 스쳐 지나간 듯한 착각이 자꾸만 들어서 오금이 저릿저릿했다.

2층으로 향하는 계단을 하나하나 올랐다. 한 층씩 올라갈수록, 내게 주어지는 고통은 강도를 더해가리라는 예감이 들었다. 그리고 늘 그렇듯 불길한 예감은 맞아떨어지기 마련이었다.

2층에 올라 손전등 앱으로 복도를 비춰보니 복도 맨 끝에 상담실 표지가 보였다.

"도대체 뭘 상담하겠단 건데……."

불안과 긴장 속에 그리로 다가갔다. 상담실 문을 밀어 열고 손전등 앱으로 교실 안을 비춰봤다. 이번에는 아무도 없었다.

상담실은 단출했다. 널따란 교실 한복판에 놓인 커다란 원탁 하나, 원탁 주위에 놓인 의자 두 개가 전부였다.

"세트 비용을 너무 아꼈네."

스피커에서 방송이 흘러나왔다.

"상담실에 온 학생은 자리에 앉아 주시기 바랍니다."

방송이 시키는 대로 원탁 앞 의자에 엉거주춤 앉았다. 그 와중에도 어디서 뭐가 튀어나오지는 않을지 잔뜩 긴장해 주위를 두리번거렸다. 이럴 줄 알았으면 드라이버라도 챙겨 올걸. 하나 마나 한 후회로 나 자신을 탓하는데 상담실 문이 드르륵 열렸다.

저벅저벅, 상담실 안으로 들어오는 발소리의 주인을 본 순간, 화들짝 놀라 자리에서 일어설 뻔했다. 교복 입은 여자애였다. 게다가 내 손전등 앱에 비친 얼굴은 조원태의 봉안함 앞에 놓인 액자 속 얼굴과 똑같았다.

조원경……?

여자애가 원탁 맞은편 의자에 앉았다. 의자에 앉은 뒤에도 아이는 한동안 아무 말도 하지 않았다. 뭘 어떻게 해야 할지 몰라 헛기침을 해봤다. 이윽고 아이가 입을 열었다.

"오빠……."

"어……?"

나도 모르게 어정쩡하게 대꾸했다가 민망해져서 입을 다물었다. 멍하니 허공을 바라보는 아이의 눈빛을 보니, 나를 부른 소리는 아닌 듯했기 때문이었다.

"솔직히 나…… 아주 어릴 땐 오빠보단 언니가 있었음 했어. 왜 그런 거 있잖아. 동성끼리만 통하는 동질감 같은 거."

어릴 때 나는 형이 있었으면 했다. 개망나니 같은 나를 제대로 휘어잡아줄 형……. 하지만 태어나면서부터 줄곧 외동이었던 나는 금쪽같은 환경에 어울리지 않는 학대와 방임 속에 멋대로 비뚤어져 갔다.

"그런데 살아보니 언니보단 오빠가 좋더라. 엄마 일찍 돌아가시고 아빠 택시 운전하시면서 그 좁은 지하 셋방에 우리 둘만 남을 때마다 오빠가 엄마 아빠 노릇까지 다 해줬잖아. 내가 밤에 무섭다고 잠 못 자고 칭얼대면 팔베개해 주면서 자장가도 불러주고……."

아이의 눈빛이 아련해졌다. 내게도 그런 사람이 있었던가. 없었다. 세상에 단 한 사람도 그런 사람이 없었다.

"가사도 급조한 티가 나고, 음정도, 박자도 엉망진창인 자장간데 나한텐 그렇게 큰 위안일 수가 없었어. 오빠, 그거 알아? 나중엔 조원태 작사, 작곡 자장가를 듣기만 해도 잠이 솔솔 오더라?"

아이가 조원경일 리는 없었다. 조원태의 여동생이라면 아무리 어려도 서른을 훌쩍 넘긴 나이일 터였다. 그런데 내 맞은편의 아이는 분장했다 쳐도 십 대로밖에 안 되어 보였다.

"나 어릴 때 진짜 먹성도 좋았잖아. 아빠가 아침 밥상 대충 차려주고 나가면 금세 다 먹고 오빠한테 배고프다고 막 칭얼거리고…… 오빠가 기다려 보라고 해놓고 냉장고에서 식재료란 식재료는 총동원해서 처음 보는 조원태표 요리 해줬잖아. 난 그게 그렇게 맛있더라."

조원경이 써준 대사를 그대로 연기하는지는 몰라도 아이가 하는 말은 도저히 연기로 보이지 않았다. 내가 배우들에게 그토록 강조했던 현실 연기였다.

"나중엔 배가 안 고파도 오빠한테 막 졸랐어. '오빠! 오빠가 해준 계란밥 먹고 싶어' '오빠, 오빠가 해준 김치라면 먹고 싶어' 그럴 때마다 귀찮을 만도 한데 오빠는 싫은 내색 한번 없이 요리해줬잖아. 정말이지 오빤 나한테 세계 최연소 쉐프였어, 적어도 중학교 때까진……."

말을 멈춘 원경이 조용히 한숨지었다.

"그랬던 오빠가 고등학교 들어가면서 변했어. 점점 예민해지고 나를 본 척 만 척하더라. 그때까지만 해도 그냥 그런가 보다 했어. '아, 이제 우리도 커서 남들처럼 현실 남매가 되어가나 보다' 했지."

과연 3인조의 동네북이 되었을 즈음을 말하는 모양이었다.

"근데 오빠가 너무 이상해. 하루가 다르게 말라가더라. 내가 부르기만 해도 깜짝깜짝 놀라고 아빠 지갑에서 돈을 훔치질 않나, 사소한 일로 나한테 손찌검하질 않나……. 나 정말 그때 오빠 쫌 미워했다? 오빠한테 무슨 일이 있는 줄도 모르고……."

아이가 원탁 위에 낡은 일기장을 올려놓았다.

"그러다 오빠 고2 때 자물쇠까지 달린 이 일기장을 봤어. 오빠가 일기장 열쇠를 어디 감춰두나 몰래 봐뒀다가 오빠 없는 날 살짝 열어봤어. 첫 페이지부터 얼마나 깜짝 놀랐나 몰라. 우리 오빠한테서 어떻게 이런 말들이 나왔는지 몰라서 너무너무 무섭고 떨렸어."

아이가 일기장을 펼쳤다. 첫 쪽부터 시뻘건 매직펜이나 볼펜 따위로 휘갈겨 쓴 '정필규 뒈져!' '개쓰레기 새끼!' '너 죽이고 나도 죽는다' 같은 낙서가 저주 주문처럼 쏟아져 나왔다.

"일기장 뒤엔 오빠네 학교에서 정필규란 사람이 오빠한테 무슨 짓을 저질렀는지 빼곡히 적어 놨는데 그거 읽다가 진짜 많이 울었어. 길 가던 사람한테 시비 걸어 싸우기, 편의점에서 술 담배 훔치기, 학교 옥상 난간에 매달리게 하고 뛰어내리라고 겁주기……."

해머로 뒤통수를 얻어맞은 듯했다. 그랬다. 오늘 하루 내내 조원경이 내게 시킨 밸런스 게임……. 그중 대부분의 선택지가 그 시절 내가 조원태에게 심심풀이로 시켰던 장난이었다.

"오빠, 나한텐 오빠가 지금도 가장 소중한 가족이야. 오빠가 말없이 해주던 조원태표 요리를 한 번만 다시 먹어보고 싶어. 학교만 갔다 오면 골방에 틀어박혀 이불 뒤집어쓰고 숨죽여 우는 오빠가 아니라, 자장가 불러주던 오빠를 다시 보고 싶어."

아이가 고개를 들었다. 물기가 돌던 아이의 눈에 살기가 어렸다.

"만약에 오빠, 만에 하나라도 오빠가 그 정필규란 사람 때문에 잘못되면 난 그 사람 절대 용서 못 할 거 같아. 죽어도……. 그 사람이 잘 먹고 잘사는 꼴을 도저히 가만두고 지켜볼 자신이 없어. 내 남은 인생을 다 걸고서라도 오빠 대신 복수할 거야."

아이의 말끝에 울음기가 어렸다. 복수라는, 낡아빠진 단어가 저렇게 처연하게 들리기도 하는구나.

"오빤 그냥…… 지켜봐 줘. 아무것도 하지 말고……."

일기장을 들고 벌떡 일어선 아이가 상담실 문을 열고 밖으로 나가 버렸다. 아이가 앉았던 빈자리를 멍하니 바라보았다. 또다시 섬뜩한 종소리가 울려 퍼졌다.

31. 블로우 업

"다음 수업은 생물입니다. 상담실에 계신 학생은 3층 과학실로 이동해 주시기 바랍니다. 아주 특별한 생물 수업이 당신을 기다립니다."

종소리에 이어진 방송 소리를 듣고 울컥해서 외쳤다.

"그만하자, 이제! 내 잘못 다 인정할 테니까 제발 그만 좀 하자고, 씨발!"

목이 터져라 외쳐도 돌아오는 대답이라곤 메아리뿐이었다. 도대체 이 지긋지긋한 인의 과는 무엇일까. 죄 있는 아빠를 둔 죄 없는 민서의 희생일까. 자리에서 일어나 힘없이 다시 복도로 나왔다. 3층으로 오르는 계단참에서 잠시 갈등했다. 여기서 달아나고 싶었다. 언제 어디서 어떻게 날아들지 모르는 테러보다 내 부끄럽고 추악한 과거의 그림자를 마주하기가 더 두려웠다. 그러나 민서 때문에라도 가야만 했다,

"그래, 가보자. 죽든 살든……."

3층 복도로 올라섰다. 3층은 더 어두웠다. 손전등 앱으로 빛을 비추자 복도 끝에 과학실 표지가 보였다. 발걸음을 옮길 때마다 복도 마룻바닥에서 삐걱삐걱 거슬리는 소리가 신경을 긁었다.

이윽고 과학실 앞에 다다랐다.

출입문 유리창 너머로 언뜻 눈에 띈 인체 모형이 캄캄한 허공 속에 떠 있는 유령처럼 보여 흠칫했다. 이 또한 지나가리라. 과학실 출입문 앞에 서서 그렇게 뇌었다. 조원태도 그랬을까. 영원히 이어질 듯한 무간지옥 속에 신음하며 나처럼 괴로워했을까.

깊게 한숨을 내뿜고는 과학실 문을 열고 안으로 들어섰다.

이번에는 뭐가 또 나오려나. 가슴이 두근거렸다. 설레서가 아니라 두려워서…….

뭔가 눈앞을 스쳐 휙, 스쳐 지나갔다.

"누구야!"

손전등 불빛으로 그쪽을 비췄지만 내부 장기를 드러낸 인체 모형이 놓여 있을 뿐이었다. 그런데 그 인체 모형이 어쩐지 낯익었다. 그리로 조심조심 다가갔다. 뭔가 이상했다. 내부 장기 모형만이 아니라, 살구색이어야 할 피부도 온통 붉은색이었다. 커다란 핏덩어리 같았다.

"뭐지?"

왜 이게 낯익지?

"뭐긴 뭐야, 10분 뒤 니 새끼 모습이지!"

등 뒤에서 불쑥 나타난 그림자가 나를 퍽, 걷어찼다. 그대로 바닥에 나자빠졌다. 이번에도 그림자는 셋이었다. 아까와 달리 놈들의 얼굴이 드러났는데 그 얼굴은 고등학생 시절의 지훈과 우철과 나였다. 어떻게 그 시절 우리 얼굴을 고스란히 되살렸는지 모를 일이었다. 실리콘 가면인가? 아니면 대역? 얼굴은 가짜인지 모르지만, 놈들의 활짝 웃는 얼굴들에서 흘러넘치는 귀기와 악의는 진짜였다. 놈들은 지옥에서 기어 나온 악마들이었다.

"생일 축하합니다! 생일 축하합니다! 저주하는 원태의 생일 축하합니다!"

손뼉까지 쳐가며 생일 축하 노래를 부른 악마들이 저희끼리 낄낄대며 내게 다가왔다.

"오, 오지 마!"

자리에서 벌떡 일어나며 주위를 둘러보았다. 과학실 뒤편 진열장에 즐비한 실험 도구들과 갖가지 화학약품들이 보였다.

"오, 오지 마? 싫은데? 올 건데?"

내 얼굴을 뒤집어쓴 그림자가 탁자 위에 놓인 실험용 비커를 내게 집어 던졌다. 내가 몸을 돌려 피하자, 비커가 내 바로 옆에 떨어지며 박살 났다.

"어쭈, 꼴에 회피 스킬 쓰는데? 이것도 피해 봐."

이번에는 플라스크가 날아왔다. 정체불명의 용액으로 가득 찬 플라스크였다. 몸을 돌려 피했지만, 플라스크 속 용액이 내 등에 쏟아지며 하얀 연기를 내뿜었다.

"앗 뜨거!"

타들어 가는 셔츠를 벗어 바닥에 팽개쳤다. 용액이 얼굴에 튀었더라면 크게 다칠 뻔했다.

"그만해, 이 미친놈들아!"

"오, 새끼, 꼴에 발악도 할 줄 아네? 야, 저 새끼 잡아."

내 그림자의 지시에 지훈과 우철의 그림자가 내게로 다가왔다.

"오지 말라고 했다!"

급한 대로 인체 모형을 집어 들고 놈들에게 붕붕 휘두르기 시작했다.

"아이고, 지랄을 한다, 씨발."

놈들은 내 방어를 비웃으며 뒤로 가볍게 피했다. 하루 종일 이래저래 시달리며 지치기도 했고 아까 당한 폭행으로 컨디션도 바닥이긴 했지만, 내가 놈들에게 이토록 어이없이 당할 정도는 아니었다. 하지만 죽기 살기로 달려들었지만, 프로와 아마추어의 대결처럼 실력 차가 워낙 커서 아예 게임이 되지 않았다.

놈들은 프로였다. 조원경이 고용한 프로. 내가 아무리 발악하며 대항해도 얼굴에 상처 하나 나지 않을 프로. 어느 틈에 내 가면을 쓴 그림자가 인체 모형을 걷어찼다. 인체 모형이 저만치 나가떨어졌다. 무방비가 된 내게 그림자의 주먹이 날아들었다. 뒤이어 그림자들이 우르르 내게 달려들었다. 익숙한 집단 폭행이 다시 시작되었다. 놈들의 펀치와 발길질은 내뻗는 족족 내 급소에 명중했다. 아까 교실에서보다 더한 강도여서 금세 그대로 무너져 내렸다. 대항해봐야 헛일이었다. 조원태도 우리에게 이런 무력감과 절망감을 느꼈을까.

"조원태, 이 좆밥 새끼야! 어딜 개겨, 개기긴……."

그랬다. 조원태가 더는 참지 못하고 나에게 대든 적이 있었다. 딱 한 번. 그 장소가 바로, 이 과학실이었다. 그날 조원태가 다시는 내게 대들 엄두도 내지 못하도록 초주검이 될 때까지 두들겨 팼다. 그날 조원태를 도발했던 말이 이제야 기억났다.

"야, 조원태! 니 여동생 쌔끈하더라? 니네 집 언제 비냐? 내가 가서 니 동생 조기교육 좀 시켜줄게."

완전히 잊고 살았던 기억이 어제 일처럼 또렷하게 떠올랐다. 그날 조원태는 정말 물불 안 가리고 내게 달려들 만큼 광분했다. 그래서 그 어느 날보다 더 호되게 맞았다.

"그래, 죽여라! 차라리 그게…… 편하겠다, 개새끼들아."

과학실 바닥에 드러누운 채 나를 내려다보는 3인조에게 소리쳤다. 입 속이 터져 피가 고이며 발음도 잘 나오지 않았다.

"그냥 죽는 건 너한테 사치라니까? 진짜 고통스러운 게 뭔지 내가 알게 해줄게."

내 얼굴을 한 악마가 귓가에 속삭였다.

"인간이 느끼는 고통 중에서 불에 타는 고통이 가장 크대. 그걸 한번 느껴봐라, 조원태."

그렇게 속삭인 내 과거가 담배를 피워 물었다. 다른 놈들이 내가 못 움직이게 양쪽에서 내 어깨와 팔을 붙들었다. 담뱃불을 깊이 빨아들인 내 과거가 담배를 내 팔뚝에 들이댔다.

"하지 마! 하지 말라고!"

설마 내가 조원태에게 이런 짓까지 저질렀던가? 담뱃불이 팔뚝 살갗을 파고들자 누린내가 났다. 팔뚝이 타들어 가는 고통에 눈이 뒤집혔다.

"한 개는 정 없지, 과현 3인조니까 원, 투, 쓰리는 되야지.

안 그래, 원태야?"

불덩이가 팔뚝을 또다시 파고들었다. 나는 그날 조원태와 똑같이 비명을 질렀다. 식은땀 범벅이 된 내가 축 늘어진 뒤에야 놈들은 나를 놔주었다.

"아, 간만에 삼겹살 땡기네. 야, 오늘 삼겹살 파티 콜?"

과현 3인조가 낄낄대며 과학실을 빠져나간 직후, 매캐한 연기가 스멀스멀 과학실로 흘러들기 시작했다. 연기는 삽시간에 과학실로 퍼졌다. 그제야 비로소 깨달았다.

"정말…… 쓰레기였구나. 재활용도 못 할 쓰레기."

그래, 불에 타죽어도 싸다. 그냥 소각이나 돼라. 눈을 감았는데 민서의 해맑은 얼굴이 떠올랐다. 민서가 이 폐교에 있을 가능성은 지극히 낮았다. 하지만 아내에게 약속했다. 어떻게든 꼭 민서를 데리고 가겠다고…….

자리에서 벌떡 일어났다. 어느새 번진 불길이 복도를 시뻘겋게 먹어 치우는 중이었다. 복도는 불길과 시커먼 연기로 가득했다. 허파를 토해낼 듯 쿨럭대며 주위를 둘러보았다.

"물!"

과학실 한쪽에 작은 개수대가 보였다. 그리로 달려가 수도를 틀어봤다. 몇 번인가 헛구역질하던 수도가 마침내 녹슨 물을 게워냈다. 근처에 보이는 비커를 가져와 물을 받아 몸 여기저기에 쏟아냈다. 그러고는 과학실 구석에 나뒹구는 실험 가운을 가위로 찢어 여러 겹 겹쳐 물에 적시고 입을 가렸다. 여기서 빠져나가야 했다. 과학실을 뛰쳐나왔다.

어느새 복도는 온통 불바다였다. 이 또한 조원경의 세팅이 분명했다. 숨을 참고 미친 듯이 복도를 뛰었다.

계단! 계단 아래쪽도 불바다. 내려가기는 불가능했다. 그러나 아직 올라가기는 가능했다. 계단을 서너 개씩 성큼성큼 뛰어오르기 시작했다. 불길과 연기가 뒤통수로 따라붙었다. 순식간에 옥상으로 통하는 철문에 다다랐다.

철문을 박차고 옥상으로 뛰쳐나갔다.

32. 클라이맥스

벌컥!

옥상으로 뛰쳐나오는 내 뒤로 열기가 솟구쳤다. 아무리 달아나려 해도 끈질기게 따라붙는 내 과거 같았다. 숨도 고르기 전에 철문부터 쾅 닫았다. 그러고 나서야 참았던 숨을 내쉬었다. 철문 너머에서 불길이 철문을 밀고 나오려 용을 썼다. 엄청난 기세였다.

"어쩌지, 이제?"

가쁜 숨을 몰아쉬며 돌아서다 멈칫했다. 옥상 저편의 구조물 그림자 앞에 어렴풋이 사람 윤곽이 보였다. 안경을 안 쓴 탓에 흐릿하긴 했지만, 사람이 분명했다. 유심히 보니 쪼그려 앉은 사람이었다.

조원태……?

설마, 설마…….

자욱한 연기와 열기로 눈뜨기조차 어려워 확실치는 않았지만, 어쩐지 눈앞의 사람이 조원태라는 직감이 들었다. 어쩌면 그것은 내 바람인지도 몰랐다.

세상에 홀로 살아남은 듯 쪼그리고 앉은 아이가 팔뚝으로 눈물 훔치는 품이 애처로웠다. 나 때문에 그 아이가 겪었을 지옥이 얼마나 끔찍하고 암울했을지 이제는 조금이나마 알 듯했다.

그리로 터벅터벅 걸어갔다. 어쩐지 다가가면 다가갈수록 내 나이도 한 살씩, 한 살씩 어려지는 기분이었다. 조원태 앞에 이르렀을 때는 오롯이 열여덟 정필규로 돌아온 듯했다.

아이 앞에 무릎을 꿇었다.

"원태야……."

아이는 대답하지 않았다.

"미안하다. 정말로……."

자꾸만 눈앞이 흐려졌다. 얼굴을 타고 흘러내리는 눈물이 연기 때문인지 아니면 회한 때문인지 모를 일이었다.

"날…… 용서하지 마라, 절대로."

목구멍 너머에서 뜨거운 덩어리가 북받쳤다. 나도 모르게 엎드려 흐느끼기 시작했다. 흐느끼다 목메어 울기 시작했다. 아이가 자리에서 부스스 일어서는 인기척이 났다. 아이가 내게로 다가왔다. 눈을 질끈 감았다. 칼이 날아들더라도 정말이지 달게 받을 작정이었다. 그런데 아이가 말없이 나를 끌어안았다.

"아빠……."

민서의 목소리였다.

"민서……?"

눈을 번쩍 떴다. 눈앞에 서 있는 아이는 조원태가 아닌, 민서였다.

"민서야!"

민서를 와락 부둥켜안았다.

"민서야, 왜 여깄어?"

"나 봐준 언니가 여기로 데려다줘서……. 여기서 꼼짝 안 하고 가만히 기다리면 아빠 온댔어."

조원경이……?

"그, 그랬어?"

아이의 몸 구석구석을 살폈다. 어디에도 구타나 학대를 받은 흔적은 보이지 않았다.

"그 언니가 민서 때리진 않았어?"

"아니, 몇 번 무섭게 해서 울긴 했는데 금방 재밌게 해줬어."

도대체 몸이 몇 개인 거야. 과현 3인조랑 밸런스 게임에

베이비시터까지…….

원경이 민서에게 보여주겠다던 페널티는 그저 나를 쥐락펴락하려던 연극이었을까.

"민서야, 미안해. 아빠가 정말 미안해."

"뭐가?"

"아빠가 더 일찍 못 데리러 와서……."

"아빠, 근데 왜 울어?"

"어? 아빠 안 울었어."

"또 거짓말한다. 울었잖아!"

"그래, 울었어."

민서를 부둥켜안고 자리에서 일어섰다. 연기가 더 심해지자 민서가 콜록콜록 기침하기 시작했다.

"아빠, 매워."

돌아보니 주변이 온통 연기와 불길이었다. 아래층에서 시작된 불길이 이제 폐교 건물 전체를 집어삼키는 중이었다. 옥상 철문도 당장 터져 나갈 듯 불룩해졌다.

"아빠…… 어떡해?"

"잠깐만……."

젖은 천 조각을 민서의 입에 마스크 대용으로 둘러 묶어준 뒤 옥상 둘레를 다급히 돌아봤다. 하지만 사방에서 불길이 치솟아서 어디에도 몸을 피할 데가 없었다.

어쩌지? 어떻게 해야 하지?

민서의 기침이 더욱 심해졌다. 이대로 가면 불길에 타 죽기 전에 먼저 유독가스에 질식해 죽을 판이었다.

"전화!"

호주머니를 뒤져봤지만, 휴대전화는 온데간데없었다. 여기까지 올라오는 동안 어디에 떨어뜨린 모양이었다. 누군가 멀리서 불길을 보고 119에 신고라도 하지 않았을까. 설령 그랬다고 해도 여기까지 소방대가 출동해 불길을 잡는 데에 최소한 10분 이상은 걸릴 터였다. 화재 진압의 골든타임은 7분이었다. 하지만 그전에 이 낡은 건물이 불길에 무너지기라도 하면……. 아이가 질식하기라도 하면……. 한시바삐 결단을 내려야만 했다.

"민서야, 아빠랑…… 저 밑으로 내려갈 거야."

"어떻게……?"

"아빠 안고."

"죽으면?"

"안 죽어. 아빠가 꼭 안을게. 우리 딸 절대 안 다치게…… 절대 안 아프게……."

학교가 3층 건물이니 여기는 4층 높이였다. 지상에서 11미터 정도의 높이. 내 영화 「에리니스」의 클라이맥스와 비슷한 상황이었다. 영화 속에서 주인공은 딸을 살리려 제 목숨을 희생한다. 딸을 품에 안고 난간에서 등 뒤로 드러눕듯 아래로 떨어져서⋯⋯. 하지만 어디까지나 영화적 허용이었다.

전화기가 없어도 조원경이 설계한 마지막 밸런스 게임이 뭔지는 알만했다.

1번, 언제 올지 모를 구조대를 기다리다 민서와 타죽기.
2번, 내 영화에서처럼 아이를 안고 뛰어내리기.

민서를 품에 안은 채 아래를 내려다보았다. 예전에는 화단이었지만 이제는 거의 밀림이 된 잡초밭이 보였다. 잡초밭 한복판의 커다란 향나무도⋯⋯. 저리로 떨어지면 나는 죽더라도 민서는 살릴 수 있지 않을까? 옥상 난간 너머를 내려다보다 결심했다.

그래, 2번.

옥상 난간 너머를 등지고, 녹슨 난간에 걸터앉았다.

"민서야."

"왜?"

"아빠가 사랑해, 정말로. 그리고 미안해."

"뭐가?"

"아빠 딸로 태어나게 해서⋯⋯."

"난 아빠 딸로 태어나서 좋은데⋯⋯?"

눈을 질끈 감고 아이를 더욱 꽉 끌어안았다. 아이의 온기와 숨결이 느껴졌다. 설령 이 순간이 내 부끄러운 인생의 엔덩이라 해도 상관없었다.

"아빠도 민서가 아빠 딸로 태어나서 좋아."

내가 죽고 네가 산다면 대신 죽어도 행복할 만큼.

아이를 끌어안은 팔에 최대한 힘을 주고 허공에 몸을 날렸다.

창가로 솟구치는 불길을 스치며 떨어지던 순간이 슬로모션으로 늘어지며, 죄스러운 나날들이 눈앞에 한 편의 영화가 되어 거꾸로 돌아갔다.

오늘 하루 내내 겪었던 밸런스 게임 지옥의 고통, 「에리니스」로 영종상 시상식에서 수상하고 무대에서 소감을 말하던 순간의 기쁨과 감동, 데뷔작 촬영을 들어가던 첫날의 기대와 설렘, 민서가 세상에 나온 날 아이의 손가락과 발가락을 처음 만져본 순간의 놀람과 감동, 판검사가 되라는 부모의 뜻을 끝내 어기고 연극영화과에 진학했던 스무 살의 객기와 각오, 조원태를 지옥으로 몰아넣었던 과현고 시절의 치기와 악의…….

처음 마주쳤던 고등학교 입학식 날, 교실에서 누구와도 어울리지 못하고 혼자 앉아 있던 내 옆자리에 조원태가 앉았다. 그때 마주쳤던 조원태의 서글서글한 눈빛이 되살아났다. 그 눈빛이 무턱대고 반감을 불러일으켰다.

"뭐냐."

그렇게 물었을 때 돌아온 대답에 비위가 확 상했다.

"혼자 앉아 있는 게 외로워 보여서."

제대로 꿰뚫어 봤다. 누구에게도 말하지 않았지만, 늘 외로웠다. 돈 냄새를 맡고 다가온 놈들은 많았어도 진짜 절친은 단 한 명도 없었으니까. 하지만 그래서 녀석의 말이 더 기분 나빴다. 오늘 처음 본 놈이 나를 알면 얼마나 안다고……

"야, 너 나 알아?"

내가 눈을 치뜨며 밀어냈을 때 조원태가 꽁무니를 뺐다면 뭔가 달라졌을까.

"앞으로 차차 알아가면 되지. 잘 지내보자."

손을 내민 녀석의 얼굴에 주먹을 꽂는 대신 녀석의 손을 잡아줬더라면……

민서가 여섯 살 때였나. 아파트 놀이터에서 아이가 꾀죄죄한 남자애와 흙장난하는 광경을 보고 달려갔던 기억도 되살아났다. 한눈에도 남자애는 우리 아파트 아이가 아닌 듯했다. 더 놀고 싶다고 떼쓰는 민서를 품에 안고 집으로 데려올 때 아이가 했던 말도 귓가에 생생했다.

"왜 그래? 쟤랑 친구 하기로 했는데……"

교감과 친분 대신 유아독존과 군림을 택한 인생. 그 인생관을 아내와 자식에게까지 강요한 독불장군. 세상에서 가장 잘난 줄만 알았던 인생도 끄트머리에 이르러 돌이켜보니 지지리도 못나고 보잘것없었다.

  그래, 정필규, 차라리 잘됐다. 넌 여기서 죽······.

  등이 뭔가에 부딪히자마자, 내 인생의 페이드아웃이 찾아왔다.

33. 에필로그

"정신 들어?"

희미하게 들리는 목소리에 눈을 떴다. 물속에서 물 밖의 소리를 듣는 듯했다. 나를 내려다보는 그림자도 어렴풋했다. 눈에 힘을 주고 올려다보니 그림자의 윤곽이 서서히 또렷해지더니 사람 얼굴로 자리를 잡아갔다.

조원태였다.

그 얼굴과 마주한 순간 나도 모르게 그 말부터 나왔다.

"미안해, 정말 미안해……."

어쩐지 목소리가 입 주위로만 맴돌았다. 조원태가 손을 뻗더니 내 입가를 덮은 뭔가를 떼어내며 물었다.

"뭐가?"

"전부 다."

이번에는 목소리가 제대로 나왔다.

가만히 나를 내려다보던 조원태가 툭, 쓴웃음을 지었다.

"정신 차렸구나, 정필규."

조원태의 얼굴이 일그러지더니 낯익은 얼굴로 뒤바뀌었다. 내 아내의 얼굴로······.

"여기가 어디야?"

내 물음에 아내가 대답했다.

"지옥."

"뭐······?"

"하루에도 몇 번씩 천당과 번갈아 오가는 지옥."

주위를 둘러보니 내가 누워 있는 이곳은 병실이었다. 방금 내 입가에서 떨어져 나간 뭔가는 산소호흡기였다.

"여기 얼마나 있었어?"

"4주."

"4주나?"

"그래, 응급 수술을 세 번이나 받았는데 도대체 사람 의식은 안 돌아와, 담당 샘도 장담 못 하겠대, 마음의 준비는 하고 있으래, 손가락 발가락 한 번씩 꿈지락거릴 때마다 혹시 깨어나는 거 아닌가 싶어 눈은 번쩍 떠여, 하루에도 몇 번씩 천당과 지옥을 왔다 갔다 했나 모른다니까."

"그랬구나······."

의식이 온전히 돌아오니 새삼 나 자신이 한심스러워졌다.

내 나름대로 비장한 사필귀정의 엔딩을 택했다고 믿었는데, 현실은 여전히 여러 사람에게 민폐만 끼치는 의식불명이었던 모양이었다.

"몸은 좀 어때?"

아내가 묻자 몸을 움직이려 해봤다. 역시 무리였다.

"모르겠어. 아직 더 쉬어야 할 거 같은데……"

"말도 마, 다발성 골절에 뇌출혈, 복강 내 출혈에 장난 아니었어."

그랬구나.

"그래도 이만하길 천운이지, 거기서 투신은 왜 했어? 금방 소방차 출동하고 소방헬기까지 떴는데……"

기억이 돌아오면서 그날의 절박한 상황이 다시금 떠올랐다.

"민서가 너무 힘들어해서……"

무심코 대꾸했다가 눈이 번쩍 뜨였다.

"민서는?"

"많이는 안 다쳤어. 아빠 쿠션 덕택에……"

"지금 어딨는데?"

"치료받을 거 다 받고 일단 우리 엄마 찬스 썼지, 뭐. 당신 깨어날 때까지……"

"아……"

그제야 안도의 한숨이 흘러나왔다.

"막 깨어난 사람한테 이런 얘기까지 하긴 뭣한데 앞으로 이래저래 복잡할 거야. 경찰 조사도 받아야 하고 참고인 진술도 해야 한 대."

"그래, 그렇겠지."

새삼 마음이 무거워졌다. 나 때문에 세상을 등진 사람이 너무나 많았다. 법적 처벌을 받게 되더라도 감내할 작정이었다. 그나저나 원경은 어떻게 됐을까?

"참, 강 순경님."

"어?"

"여러 번 왔다 가셨어."

강충열 순경이……? 그날 죽은 줄 알았는데…….

"살았어, 그분?"

"나도 자세히는 모르는데 급소는 용케 피해 갔대. 그분도 수술받고 수혈도 여러 번 받고 장난 아니었나 봐. 이 병원 아래층 병실에 입원해 계시거든. 그 와중에 오셔서 자기 걱정 엄청 해주시는데 감동이더라. 몸 좀 나아지면 한번 찾아가 봐."

"그래야지. 나한텐 은인이신데……."

고맙고 미안했다. 아무리 할 일을 했을 뿐이라지만,

그때 어디선가 휴대전화가 울렸다. 아내가 전화기를 들고 받았다.

"어, 엄마. 깨어났어, 정 서방."

자리에서 일어난 아내가 내게 입 모양으로 물었다.

'울 엄마, 잠깐 혼자 있을 수 있겠어?'

고개를 끄덕이자 아내가 병실 밖으로 나갔다.

창가로 흘러드는 햇볕이 유난히 따사롭고 포근했다. 그새 계절이 바뀌었다. 여름에서 가을로……. 살았다는 사실에 죄책감과 안도감을 동시에 느끼며 눈을 감았다. 머리맡의 인터폰이 울리기 시작했다. 손을 더듬어 수화기를 집어 들었다.

"여보세요."

인터폰 너머에서는 별다른 말이 없었다.

"여보세요?"

뭐야 이거, 중얼거리며 수화기를 내려놓으려던 순간, 귀에 익은 목소리가 들렸다.

"정필규 감독님, 의식 회복 축하드립니다."

조원경이었다.

"병실 CCTV도 해킹했어요?"

대답 없이 피식 웃고 난 조원경이 물었다.

"좀 어떠세요?"

"죽었어야 했는데 살아나서 죄스럽네요."

진심이었다. 그날 내내 멋대로 했던 반말을 존대로 바꾸었지만, 전혀 어색하지 않을 만큼…….

"그 죄스러움, 앞으로 살아가시면서 죽는 날까지 가지고 가세요."

그런다고 내 죄가 사라지지는 않을 테지만 그렇게라도 해야만 했다.

"네, 그럴 생각입니다."

"지우개 신공으로 지우지 마시고요."

"그래야죠."

"그건 그렇고 마지막 밸런스 게임 남은 거 아세요?"

화기애애까지는 아니었지만 잔잔했던 분위기가 순식간에 얼어붙었다.

"끝난 거, 아니었어요?"

"아뇨, 총 9회인데 여덟 번째까지만 했어요."

정말 집요하구나, 이 사람. 하지만 그럴 만도 했다.

"몸 좀 나아지면…… 그때 해도 될까요?"

"그렇게 하시죠. 이번 게임은 시간 무제한이니까요."

"아……."

"마지막으로 선택지 제시할게요. 1번, 그날 감독님 안경에 찍힌 영상을 유튜브에 그대로 업로드하기. 2번, 그날 감독님께서 겪은 일을 영화로 만들기."

예상치도 못했던 결정타를 맞은 듯해서 뭐라 대꾸하지도 못했다.

"1번 선택하시면 그건 제가 대신해드릴 수 있어요."

망설이지 않았다. 앞으로 내가 해야 할 일이 콘티처럼 눈앞에 그려졌다.

"2번으로 할게요. 제목도 정했는데요, 뭐."

창가로 새어든 햇볕이 병실 바닥에 그려놓은 빛의 스크린을 가만히 바라보며 덧붙였다.

"「밸런스 게임 지옥」."

* * *

"항간에는 이 영화를 감독님께서 겪으신 실화 그대로 만드셨단 소문이 있던데 혹시 사실입니까?"

영화 「밸런스 게임 지옥」 언론 시사회를 마칠 즈음, MC가 내게 장난스레 물었다. 극장 객석에 빼곡한 기자들의 눈길이 내게로 쏠렸다. 올 것이 왔구나. 예상은 했지만, 막상 닥치니 사실을 세상에 털어놓아도 될지 머뭇거려졌다. 잠시 망설이다가 결심하고 입을 열었다.

"네, 맞습니다. 개인정보 때문에 캐릭터 이름은 가명으로 바꿨고 이야기도 더 극적으로 다듬긴 했지만 제가 겪은 실화를 바탕으로 대본을 썼고 제목도 그때 정했습니다."

내 대답을 들은 객석 관객 중 한 남자가 손을 번쩍 치켜들었다. MC가 그 남자를 가리키자 남자가 자리에서 일어섰다.

"네, 무비오디세이 채널을 운영하는 큐브릭이라고 합니다. 이 영화가 학폭 피해자의 복수극이라고 소개하셨는데요, 감독님께서는 실제로 학폭 피해자이셨는지, 아니면 가해자셨는지 궁금합니다."

객석 맨 앞에 앉은 영화사 대표는 넌지시 두 검지로 엑스 표시를 만들어 보이며 고개를 가로저었다. 사실 그대로 말하지 말라는 의미였다. 하지만 그렇다고 한들 뭐가 달라질까. 나 때문에 죄가 없는 사람이 죽고 죄 있는 사람도 죽고 내 가족도 풍비박산 날 뻔했는데…….

"저는, 피해자가 아닌 가해자였습니다. 그것도 아주 악랄한……."

자리에서 일어섰다. 객석의 기자들이 웅성대기 시작했다.

"이 자리를 빌려 제 가해로 고통받은 피해자에게 깊이 사죄드립니다."

무대 위에서 무릎을 꿇고 머리를 바닥까지 수그렸다. 카메라 셔터 소리가 요란해지고 기자들의 질문이 무대로 쏟아졌다.

* * *

"당신 이번 영화 엄청나더라?"

이탈리안 레스토랑에서 스테이크를 썰던 아내가 무심히 말을 꺼냈다.

"엄청나긴 하지. 부정적인 면에서……."

눈앞의 잔을 들어 와인을 홀짝이며 쓰게 웃었다. 웃음은 썼지만, 입 안을 맴돌다 목구멍으로 흘러드는 샤또 라뚜르의 맛과 향은 기가 막히게 좋았다.

"그러게 왜 시사회 때 시키지도 않은 어그로를 끌었어? 자기 믿고 돈 댄 투자사며 영화사는 뭔 죄냐고……."

"애초에 계약 조건에 걸었어."

"뭔 소리야?"

아내가 눈을 동그랗게 뜨고 나를 바라보았다.

"내 과거를 바탕으로 만든 영화란 걸 고백하겠다는 조항을 계약서에 넣었다고."

"말도 안 돼, 분명 영화 흥행에 마이너스가 될 게 뻔한데 그걸 허락해줬다고?"

"그걸 허락해준다는 전제하에 연출료를 대폭 깎아줬거든."

"나한텐 그런 얘기 없었잖아?"

"자기가 그랬잖아, 답은 내 안에 있다고, 내가 그걸 모른 척할 뿐이라고……. 작품이 작품이라 이번엔 내 마음이 시키는 대로 했어."

한동안 나를 바라보던 아내가 고개를 가로저었다.

"자기도 참 자기다. 그것만 안 했어도 꽤 흥행했을 텐데……. 그냥 픽션이라고 하고 말지. 사람들이 뭘 얼마나 따진다고……. 여기저기에서 보이콧도 하고 난리잖아. 안티도 엄청 생기고……."

"양심의 가책 때문에……."

"하이고, 양심 있는 사람이……."

뭐라 말하려던 아내가 옆에 앉은 민서의 눈치를 보며 말을 삼켰다.

"그래도 유럽이랑 동남아 십몇 개국인가에 수출도 했다며?"

"그나마 그것 때문에 본전만 살짝 넘긴 정도야."

"다음 작품은 생각해둔 거 있어?"

"당장은 없는데 「밸런스 게임 지옥」 파트2는 어떨까, 생각만 해봤어."

이제 농담도 할 만큼 마음의 여유가 생겼다.

"아유, 애초에 관둬. 파트1도 욕먹었는데…… 그러다 영화계에서 매장될라."

"욕먹을 짓 했으니 욕먹는 거 당연하지. 그래도 이번 영화로 원태한테 최소한의 도리는 한 거 같아."

"추모공원 갔다 왔다며? 뉴스에도 떴던데. '정말 미안하다…… 「밸런스 게임 지옥」 감독 정필규, 학폭 피해자 조 모 씨 앞에 눈물로 참회' 무릎까지 꿇었다며?"

"아…… 어제가 기일이었거든."

"혹시 거기서 원경 씨는 안 만났어?"

"아니……"

그날 사건 이후로 조원경은 아동 납치와 살인 교사 등의 혐의로 지명수배되었지만, 경찰에 잡히지도, 내 주위에 나타나지도 않았다. 나 또한 입건되어 한동안 강도 높은 조사를 받았지만, 결국 일부 혐의만 인정되어 집행유예로 풀려났다. 그 일이 벌써 3년 전이었다.

아내는 다시 스테이크를 썰기 시작했고 나는 와인을 홀짝이며 레스토랑 너머의 비 오는 풍경을 바라보았다. 돈까스를 먹던 민서가 슬그머니 끼어들었다.

"아빠, 근데 밸런스 게임이 뭐야?"

"밸런스 게임? 1번이랑 2번 둘 중 하나를 고르는 거야. 고르기 어려운 걸로……. 1번, 민서는 엄마가 더 좋다. 2번, 민서는 아빠가 더 좋다. 뭐 이런 거."

"하나도 안 어려운데…… 난 1번."

"에이, 실망인데?"

"아빠가 내 인생에서 2번이니까 너무 실망하지 마."

"네, 정민서 양의 2번으로서 더 열심히 하겠습니다."

아내를 돌아보며 물었다.

"참, 당신 오늘 먼저 집에 갈래?"

"왜, 누구 만날 사람 있어? 최은비?"

"아니, 최은비 결혼했어."

"그럼, 뭐하게?"

"그냥 심야 영화 좀 보고 들어갈까 해서."

"「밸런스 게임 지옥」?"

"어……."

"대박. 자기 영화를 당신처럼 많이 보는 감독이 세상에 또 있으려나?"

"당신도 한 번 더 보고 들어가든지……."

아내가 손사래를 쳤다.

"아우, 됐어. 진심 한번 보기도 괴로웠어."

* * *

「밸런스 게임 지옥」이 끝났다.

스크린에 엔딩 크레딧이 떠오르자, 상영관 안에 불이 켜졌다. 관객들이 웅성거리며 자리에서 일어나 하나둘 상영관을 빠져나가기 시작했다. 하지만 나는 자리에서 일어서지 않았다.

내 영화를 볼 때마다 느끼지만, 이번 영화는 특히나 정말 부끄러웠다. 저 장면은 저렇게 찍을걸, 저 대사는 이렇게 바꿀걸…… 이런저런 후회로 가득했다. 무엇보다 이렇게 만든 영화가 과연 최선이었는지 의문이었다. 엔딩 크레딧이 다 올라가고 끄트머리에 헌사가 이어졌다.

'故 조원태에게 이 영화를 바칩니다'

그제야 자리에서 일어섰다. 이제 정말 집에 갈 시간이었다. 그러다 멈칫했다. 상영관 뒤편에서 모자를 푹 눌러쓴 채 자리에서 일어나는 한 여자를 보았기 때문이었다. 돌아서서 상영관을 나가는 뒷모습이 어쩐지 눈에 익었다.

"어……?"

포니테일……! 설마…….

나도 모르게 여자를 뒤따라 극장을 나왔다. 비가 쏟아지는 거리로 나와 주위를 두리번거렸지만, 여자는 어디에서도 보이지 않았다. 마지막 밸런스 게임을 제시한 뒤로 조원경의 전화는 단 한 번도 걸려 오지 않았다.

잘못 봤나.

고개를 갸웃거리며 돌아서다가 마주 오던 삼십 대 남자와 어깨를 부딪쳤다.

"아, 죄송합니다."

반사적으로 사과했는데도 남자는 미간을 구기며 나를

위아래로 훑어보고는 제 어깨에 뭐라도 묻은 듯 툭툭 털어 댔다.

"뭐야, 이거."

뭐야 이거? 너보다는 잘난 영화감독 정필규다, 새끼야. 욱하는 성질이 고개를 들었지만, 눌러 삼켰다. 공공장소에서 이런 놈이랑 시비 붙어봐야 나만 손해니까.

남자가 손에 든 스마트폰이 울리기 시작했다. 남자는 전화를 받으면서도 나를 한 번 더 노려보았다.

"죄송합니다."

마음에도 없는 사과를 한 번 더 건넸다. 가라, 그냥. 좋은 말로 할 때……. 남자의 뒷모습을 바라보다 픽, 코웃음 치며 다시 극장 주차장 쪽으로 돌아섰다. 말보다 주먹이 앞서던 그 시절이 문득 그리워졌다.

* * *

"여보세요."

"오진성 씨 되십니까?"

"그런데요, 누구세요?"

"저는 오진성 씨를 오래전부터 지켜본 사람입니다."

"뭐야, 이거. 너 보이스피싱이냐?"

"아닙니다, 그런 거."

"뭔데, 그럼?"

"전 오진성 씨가 십 년 전에 사람을 죽여 암매장한 사실을 알고 있는 사람입니다."

"뭐? 너 뭐야, 씨발놈아. 어디서 좆같은 헛소리를 지껄이고 지랄이야?"

"헛소리로 들리시나요? 그때 오진성 씨에게 희생된 피해자 이름과 매장 장소까지 말씀드리면 헛소리로 안 들리실 텐데요."

"뭐? 이런 미친 새끼가……. 할 일 좆나 없는 새끼네, 이거?"

"제가 과연 할 일이 없어서 오진성 씨에게 전화했을까요?"

"그럼 왜 했는데? 돈이라도 뜯으려고?"

"전 그냥 오진성 씨에게 아주 재미있는 게임을 제안하려고 전화했습니다."

"게임? 뭔 게임?"

"오진성 씨도 들어보셨죠? 밸런스 게임이라고……."

- 끝 -

작가의 말

『한국 공포문학 단편선』 5권에 실었던 단편 「놋쇠 황소」를 장편으로 펼쳐 세상에 내놓습니다. 「놋쇠 황소」는 학창 시절 겪고 보고 들었던 폭력의 기억이 녹아든 이야기라 쓰는 내내 힘들었던 작품입니다. 서술과 묘사를 아예 들어내고 처음부터 끝까지 두 친구의 대화만으로 이어간 이유가 실은 그 때문이기도 합니다.

『밸런스 게임 지옥』도 비슷한 이유로 호흡을 빠르게 잡고, 하루 동안 쉼 없이 내달리는 한 편의 영화 같은 이야기로 판을 짰습니다. 모쪼록 책을 펼친 순간부터 끝까지 단숨에 읽어 내리신다면 더 바랄 나위가 없겠습니다.

이 소설의 주인공 정필규는 사필귀정을 재배열한 이름입

니다. 시간은 걸릴지언정 세상의 모든 일은 결국 바른길로 돌아가게 된다고 믿습니다. 이 소설은 그 믿음으로 쓴 결과물입니다.

 기획에서 출간에 이르기까지 함께해주신 인용인 이사님께 감사의 인사 올립니다. 소설을 쓰는 동안은 물론, 그렇지 못한 시간에도 늘 응원과 지지를 보내주는 아내와 두 딸에게 작은 밸런스 게임을 제안하며 이만 줄입니다. 1번 사랑, 2번 이 책.

2025년 7월

김종일

밸런스 게임 지옥

1판 1쇄 찍음 2025년 9월 5일
1판 1쇄 펴냄 2025년 9월 12일

지은이 | 김종일
발행인 | 박근섭
편집인 | 김준혁
펴낸곳 | 황금가지

출판등록 | 2009. 10. 8 (제2009-000273호)
주소 | 06027 서울 강남구 도산대로 1길 62 강남출판문화센터 5층
전화 | 영업부 515-2000 **편집부** 3446-8774 **팩시밀리** 515-2007
홈페이지 | www.goldenbough.co.kr

도서 파본 등의 이유로 반송이 필요할 경우에는 구매처에서 교환하시고
출판사 교환이 필요할 경우에는 아래 주소로 반송 사유를 적어 도서와 함께 보내주세요.
06027 서울 강남구 도산대로 1길 62 강남출판문화센터 6층 민음인 마케팅부

© 김종일, 2025. Printed in Seoul, Korea
ISBN 979-11-7052-660-5 03810

㈜민음인은 민음사 출판 그룹의 자회사입니다.
황금가지는 ㈜민음인의 픽션 전문 출간 브랜드입니다.